도
둑
효
도

김향숙 에세이

아가야 할머니도 할머니가 있었단다

도둑효도

차례

아참! 잊고 있었네

작년인가 책을 소개하는 사이트에서 〈82년생 김지영〉이라는 소설의 내용을 일부 읽게 되었다. 81년에 태어난 큰딸이 관심이 있을 것 같아 권해 주었다. 그게 벌써 일 년이 흘렀다. 그때쯤에 태어난 아이들의 삶과 큰딸의 삶의 과정이 어떻게 같고 다른지에 관심이 생겼으나 '내 삶이 소설인데'라는 생각을 한 이후 모든 소설에 대해 특별한 애정을 가진 적은 없다. 소설을 어쩌다 펼쳐 읽긴 했어도 내용은 기억에 남지 않고 책 제목만 낯이 익은 후로는 더욱 접하지 않게 되었다. 그러다 큰딸이 그 책을 샀는데 〈가시고기〉 이후에 많이 울었다는 소리에 다시 읽기로 했다.

두 시간이면 간단히 읽혀져 그런지 '그렇게까지는 아니지. 그냥 소소한 이야기네. 다 그렇게 살아왔는데 뭐.'라는 생각이 먼저 들었다. 그렇다고 '너희는 나보다 늦게 태어났으니 맛있는 거 많이 먹고 '메이커'라는 것도 알고 좋은 거 입고 그런 세상에서 살았으니 말하지 말라고' 할 수는 없었다.

누구든 자기들의 시대에 맞게 세상에 길들여서 자라고 생각했기 때문에 힘듦의 무게는 다 같지 않을까? 그런데도 나의 시대가 더 무겁게 느껴지는 것은 시간의 흐름이 가져다주는 각종 혜택을 과거에는 누릴 수 없었다는 이유 때문일지도 모른다. 예전에 없던 것들이 생겨나고 생활이 편리해지고 그래서.

이 책 한 권으로 나의 뒤를 돌아보고, 엄마와 외할머니, 나의 두 딸에게 보여 주고 싶다. 또, 손녀와 손자에게 무슨 도움이 될까마는 사라지는 것들이 아쉬워 한 권의 책으로라도 남겨두면 여기저기 굴러다니다가 발에 채이면 할머니의 삶을 볼 수도 있지 않을까 해서. 나의 오지랖이 거기까지는 가지 말아야 하는데 너무 멀리 갔나보다.

나도 엄마처럼 치매가 와도 이 글을 보면서 기억 속 추억으로 나를 찾고 또 지탱해 줄 수 있을지도 모른다는 생각에 글을 시작해 보려 한다.

지금껏 여기저기 일기 형태로 남아서 컴퓨터 안에 들어 있던 글, 플라스틱 파일 속 누렇게 변색한 종이 위의 글들을 찾아보기로 했다.

2017. 7. 5. (수)

손톱 물들이기

봉선화 꽃과 잎사귀들 사이에 백반을 적절히 넣어 짓찧으면 물기 가득한 덩어리가 되는데 이것을 두 딸의 손톱 위에 올려 놓는다. 예전엔 아주까리 잎사귀를 잘라 손톱을 잘 싸매고 무명실로 동여매었지만 이제는 그런 번거로움 없이 랩으로 싸면 그만이다. 오른손 새끼손가락부터 약지와 중지까지만, 왼손도 똑같이 세 손가락만 물들인다.

지금은 문방구에서 가루를 사서 쉽게 할 수 있다는 봉선화 물들이기는, 우리 자랄 때는 장마철이 시작되기 전에 연례행사처럼 늘 되풀이하던 일이다. 나는 그때마다 묻곤 했다.

"엄마, 왜 나머지 두 손가락엔 안 해?"

"엄마 손가락에 물들이면 엄마가 일찍 죽고, 아버지 손가락에 하면 아버지가 일찍 돌아가신대. 그래서 안 해. 옛날부터 그랬어."

라고 하셨지만, 나는 그런 미신 같은 얘기를 믿지 않았다. 한 개라도 더 물들여 예뻐지고 싶은 마음에 늘 갈등했다.

'어느 손가락에 하나 더 올려놓을까? 엄마 손가락? 아니면 아버지 손가락?'
이런 식으로 고민하다가 결국 포기하곤 했다.

아침에 일어나 자신의 손가락 끝에 있는 뭉치를 보면서 세 자매는 자신의 인내력을 자랑하기도 했다. 모든 면에서 꼼꼼하고 자신 있어 했던 큰언니는 6개 손가락 모두 그 뭉치가 남아 있었다. 그런데 나는 자면서도 손을 움직이는지 2~3개 남아 있으면 성공이었다.
엄마는 쌀뜨물을 준비해 거기에 손을 넣고 기다리라 하셨다. 백반으로 상한 손톱을 보호하는 무엇인가가 그 속에 있는 모양이었다.

나도 엄마처럼 딸들에게 똑같이 하고 있다. 안 믿던 딸들은 외할머니를 들먹이면 고분고분해진다.

'봉선화가'를 수업하던 중 한 여학생이 불쑥

"선생님, 봉숭아를 물들이고 있다가 교통사고가 나면 손톱을 뽑아야 한다면서요?"

라며 제법 심각하게 물으며 물들인 열 개의 손가락을 보여준다. 많은 아이들이 동조한다.

"그렇게 되면 큰일이겠다. 그럴 리가 있겠어?"

라고 대답해 준다.

손톱 색깔은 건강의 척도라는데 열 개 모두 물들여 놓으면 만약의 사태에 건강을 측정할 수 없을지도 몰라서 그런 과장된 말들이 퍼져 있는 것은 아닌가 싶다.

우리의 조상들은 그런 이유로 손톱을 비워두되 한 개도 충분하였을 터인데 두 개를 비워 부모 공경을 배우게 하려고 한 것이리라. 장마 중에는 봉선화도 물을 많이 먹어 진하게 물들지 않는다고 한다. 이제 장마도 끝나고 태풍도 지나갔다 하니 물들이기가 제격일 것 같다. 이 여름이 가기 전 찧어 놓은 봉선화를 손톱 위에 올려놓으며 첫눈이 올 때까지 물들인 손톱이 남아 있으면 첫사랑이 이루어진다는 속설도 한번쯤 믿어 보고 우리 조상들의 지혜도 즐겨봄이 어떨까 생각한다.

옥난간(玉欄干) 긴긴 날에 보아도 다 못보아

사창(紗窓)을 반개(半開)하고 차환(叉환)을 불너내어,

다 핀 꼿을 캐여다가 수상자(繡箱子)에 다마노코,

여공(女工)을 그친 후의 중당(中堂)에 밤이 깁고, 납촉(蠟燭)이 발갓을 제

나음나음 고초 안자, 흰 구슬을 가라마아

빙옥(氷玉)같은 손 가온데 난만(爛漫)이 개여내여,

파사국(波斯國) 저 제후(諸候)의 홍산궁(紅珊宮)을 혀쳤는 듯,

심궁 풍류(深宮風流) 절고에 홍수궁(紅守宮)을 마아는 듯,

섬섬(纖纖)한 십지상(十指上)에 수실로 가마내니,

조희 우희 불근 물이 미미(微微)히 숨의는 양,

가인(佳人)의 야튼 뺨의 홍로(紅露)를 끼쳤는 듯,

단단히 봉한 모양 춘나옥자(春羅玉字) 일봉서(一封書)를 왕모(王母)에게 부쳤는 듯.

춘면(春眠)을 느초 깨여 차례로 풀어 노코

옥경대(玉鏡臺)를 대하여서 팔자미(八字眉)를 그리랴니,

난데 업는 불근 꼿이 가지에 부텃는 듯,

손으로 우희랴니 분분(紛紛)이 흣터지고,

입으로 불랴 하니 석긴 안개 가리왓다.

여반(女伴)을 서로 불러 낭랑(朗朗)이 자랑하고,

쪽 압희 나아가서 두 빗흘 비교(比較)하니,

쪽닙희 푸른 믈이 쪽의여서 푸르단 말이 아니 오를손가.

– 봉선화가 – 중에서

좋아하는 색은?

어제는 손톱을 정리하려고 네일 아트를 찾아 나섰다. 막 찾아온 여름의 문턱에서 온통 쾌청이라는 단어를 온몸으로 맞으며 오리역에서 마을버스를 기다렸다.

35번 마을버스는 일정한 간격도 없고 시간도 지켜 주지 않는다. 오늘도 20분을 기다리며 늘 똑같은 고민을 한다. 전철을 탔어야 한다는 후회에 후회를 거듭할 때쯤 버스가 나타난다. 그 순간 후회는 사라지고 반갑기만 하다. 그래서 때로는 내가 바보인 것 같기도 하고 결정장애인 것 같기도 하다.

늘 같은 순서와 방법으로 손톱은 정리되어 간다. 나이 든 손의 손톱에서 삶의 무게를 느낀다면 다소 과장된 말이긴 하겠으나 전체적으로 칠해 있는 색은 무겁고 탁해서 싫다.

그래서 늘 '프렌치'를 한다. 어떤 방법으로든 세월을 거부하고 싶은 일종의 반항인지도 모른다.

마지막 단계는 질문이다.

"오늘은 어떤 색으로 할까요?"

나는 이내 대답하지 못한다.

반복해서 묻는다.

"무슨 색으로 할까요?"

"혹시 빨간색으로 자주 하시는 걸 보면 혹시 그 색을 좋아하시나요?"

"글쎄요. 내가 좋아했던 색이 뭐였더라?"

선반 위에 놓인 많은 색을 들여다보아도 좋아했던 색이 있었는지 기억에 없다. 좋아하는 색을 단호하게 말할 수 없는 걸 보면 흐리멍덩하게 살아온 세월이었나 싶기도 해서 혼자 좋아하는 색을 정하기로 했다.

아니다. 기분에 맞추고 계절에 맞추고 유행에 맞추어 그렇게 색을 고르는 것이 좋겠다. 좋아했던 색깔이 없었어도 지금껏 아무런 문제 없었는데 새삼스레 그럴 이유는 없지 않은가.

2011년 5월

좁쌀 베개

TV 정규 뉴스에서 불량 베개에 대한 소비자 고발 내용을 크게 다루고 있었다. 각종 유아 용품을 만드는 회사에서 필수로 만들어 내는 좁쌀 베개에 대한 내용이었다. 소독 처리를 하지 않아 애벌 레가 생기고 나방이 집안에 날아다닌다고 아기 엄마들은 그 회사를 소리 높여 비방했다.

아직도 좁쌀을 넣어 베개를 만든다는 소리에 무척 놀랐지만, 과거로부터 내려오는 전통을 고수하는 것 같아 기특한 생각이 들었다.

온갖 방법을 동원해 과학을 떠벌이면서도 아직도 좁쌀로 베개를 만들어 내는 이율배반적인 행위가 바보 같기도 하고, 아무 뜻도 모른 채 메이커 베개를 사야 하는 모성애도 갸륵하다고 해야겠다. 동시에 모성애를 자극해서 상품을 팔아대는 회사의 얄팍한 상행위가 좋아 보이지 않는다.

20년 전 큰딸을 키울 때 베개를 마구 던지고 함부로 하는 것을 본 나의 엄마는 그 속에 있는 좁쌀은 소중히 다루어서 부서지지 않도록 해야 한다고 하셨다. 백일을 즈음해서 시주를 하러 오는 스님이 있으면 베개의 좁쌀로 아이의 앞날을 빌어 주도록 당부하고, 백일까지 기다렸다가 꺼내서 떡을 할 때 넣어도 된다고도 하셨다. '설마' 하면서도 아이에게 해가 된다는 생각에 베개를 소중히 했다.

좁쌀은 일반 곡식과 달리 무거워서 베개가 달아날 염려도 없고 자잘한 크기여서 배기지도 않았을 뿐 아니라 머리 모양을 좋게 하고 시원하게 해 주니 어린아이에게는 참 좋은 베갯속 소재라 한다. 예전 곡식이 귀중했던 시절에는 아이를 위해 식량을 비축해 두는 하나의 방편이기도 했다고 한다.

조상들의 지혜를 읽을 수 있을 것 같다. 너무 없었던 시절에 가장 최선책으로 만들어 낸 베개의 의미를 신세대 엄마들도 알고 있겠지. 시대가 변하고 방법이 달라도 자식을 사랑하는 것은 언제나 똑같을 것이니 말이다.

2000년

메밀 베개

봄철 날이 좋으면 베개잇을 벗기고 메밀을 꺼내 채에 쳐서 부스러기를 털어 낸 후 메밀껍질이 입체적인 모양으로 남아 있는 것만 골라 맑은 물이 나오도록 씻어 낸 후 채반에 널어 햇빛에 말린다. 이렇게 하다 보면 두세 개 베개에서 나온 온전한 메밀껍질은 베개하나의 분량이 된다. 이 작업을 거친 베개는 우리들의 몫이었고, 아버지는 새로 사 온 싱싱한(?) 메밀로 만든 베개를 갖게 된다.

아직 덥지 않은 날씨에 새로 만들어진 베개의 촉감은 선득하다. 하지만 돌아누울때마다 귓가를 맴도는 메밀 껍질 부딪히는 사각거림이 따뜻했다면 과장된 표현일까? 다시 생긴 쿠션감으로 머리가 쑥 들어가지 않아 베개를 자꾸 돌리지 않아도 된다. 우리 집의 베개는 늘 원통형이었다.

정지용의 시 '향수' 중에 '엷은 졸음에 겨운 늙으신 아버지가 짚

벼개를 돋아 고이시는 곳 그 곳이 참하 꿈엔들 잊힐리야.' 이 대목
은 짚은 오래 베고 있으면 가라앉기 때문에 높이를 유지하기 위해
자꾸 돌려가며 벤다는 뜻이다.

  이런 작업이 쉽지 않다는 것을 알게 된 우리 자매들은 신세계를
만나게 된다. 다름 아니라 플라스틱 빨대를 1cm 정도 길이로 잘라
놓은 모양에 숯, 은 나노, 항균 기타 등등 효능을 집대성한 베갯속
이었다. 이 기상천외한 베갯속을 그물망에 넣어 파는 상인을 만난
것이다. 통째로 세탁기에 돌려 탈수를 하면 엄마가 했던 그런 번
거로운 작업을 하지 않아도 된다는 생각만으로도 아주 훌륭했다.
이 기적 같은 발견 이후 우리는 메밀 베개를 다 버렸다.

  '문명의 이기(利器)는 누릴수록 좋은 것이다.' 메밀 베개와 비교
해도 시원함, 쿠션감, 그리고 소리까지 크게 다르지 않았다. 이제
우리는 해방을 맞이했다.

  그러나 엄마는 "이게 무슨 꼴이냐?" 하시며 철없는 여식들을 쳐
다보았다. "사람은 자연에 있는 것으로 살아야지." 엄마는 이 문제
로 한동안 우리를 꾸짖었다.
  얼마 지나지 않아 메밀껍질을 구하는 것이 만만치 않게 되었다.

국내에 메밀 농사 짓는 농가가 줄어든 것인지, 아니면 우리처럼 소용이 닿지 않자 껍질을 팔지 않는 것인지는 모르겠다.

그리고 시간이 또 흘렀다. '힐링'이라는 단어가 등장하면서 자연주의 운운하더니 고급 침구류를 파는 곳에 메밀 베개가 등장했다. 값은 천정부지였다. 그렇게 흔하디흔하던 메밀 베개가 너무 비싸 나의 손길이 닿지 않는 곳에 가 있었다. 그제야 아차 싶었다. '그냥 잘 놔두고 엄마처럼 활용할걸' 이런 생각도 들었다. 하지만 이미 지나간 일이 되어 버렸다.

하루는 시장 골목을 지나다 트럭에 현수막을 붙이고 메밀을 파는 상인을 만나게 되었다. 앞으로 다가가자 그 상인은 메밀의 효능에 대해 열변을 토했다. 속으로 '알아요. 알아' 하면서 한 보따리 사서 집에 들고 왔다. 이 기회에 엄마에게 제대로 사는 모습을 보여 주고 싶었다.

'언제 오시려나?' 엄마 오기만 기다렸다. 칭찬받을 생각에 즐거웠다. 네 식구의 베개가 새로 생긴다. 과거 그 시절 메밀 베개가 준 느낌이 새삼 떠오르기도 했다.

그런데 메밀껍질을 보시던 엄마는 이 껍질은 쓸 수가 없는 것이라고 했다. 껍질이라고 모두 베갯속으로 쓸 수 있는 것은 아니라고 하셨다.

'무슨 소리지? 메밀껍질인데...'

엄마는 껍질을 모두 펼치더니 그중 아주 귀하게 찾아낸 하나를 보여 주신다. 입체적인 사각뿔 모양의 껍질이 모여서 쿠션감을 만들어 내는데 내가 사 온 것에는 그것을 거의 찾아볼 수 없었다. 알맹이를 얻기 위해 기계로 깎아 버려 껍질은 낱장이 된 것이다. 예전에는 도리깨로 쳐서 껍질이 입체적인 모양을 지닐 수 있었는데 지금은 그렇지 않다는 결론을 내주셨다. 아깝지만 다 버렸다.

그 이후 메밀 베개를 포기했다. 요즘 기능성 베개가 얼마나 많은데 위로하면서.

그러다 4년 전인가? 봉평 시장을 가게 되었는데 마침 장날이었다. 나는 그곳에서 보물을 찾았다. 입체적 사각뿔 모양을 한 메밀 껍질을.

손녀를 위해 베개 하나를 만들었다.

2017년 가을에

처네

J 선생님은 아이를 친정에 맡기고 아이들 생각에 전전긍긍하며 가슴 아파했다. 그래서 늘 기다리는 시간은 방학이다.

드디어 여름방학이 되어 두 아들을 데리고 왔다. 아이들 모두가 피자를 좋아하듯이 두 아들도 예외가 아니었다. 할머니랑 생활하는 동안 피자를 사 달라고 자꾸 조를 것 같아 절대로 사주지 않았던 J 선생님이지만 방학에 한 번 정도는 먹게 해 주고 싶어 했다. 명목을 만들어야 했기에 J 선생은 '누나야 선생님'이 오늘 너희를 위해 피자를 사 주신다니 가서 먹자면서 아이들을 챙겼다. 덕분에 공짜로 우리 두 딸과 모두 6명은 잠실의 한 피자집으로 향했다. 나는 한껏 생색을 냈지만 고마워하는 아이들에게 미안했다. 사실은 너희 때문에 우리 식구가 얻어먹고 있는 거란다.

맛있게 먹고 있는데 젊은 부부가 태어난 지 두 달이 겨우 되었을 것 같은 아기를 바구니에 눕혀 들고 들어왔다. 영화에서나 보았음직 한 그림이었다. 우리나라에도 저러고 다니는 사람이 있구나 했다. 처음에는 새근새근 자는 모습이 신기하기도 해서 눈을 뗄 수가 없었다. 먹기를 마친 젊은 부부가 바구니를 번쩍 들어 올리는데 순간 아기가 바이킹을 타고 있는 느낌을 가지는 건 아닌지 불쌍해졌다. 문득 바구니 속의 아기를 보면서 엄마의 잔소리가 떠올랐다.

첫아이를 낳을 때쯤 엄마는 부산에 계신 이모에게 처네를 특별히 부탁해서 맞춰 주셨다. 누비 솜씨가 좋은 이불 집이라면서. 겨울용과 여름용 두 개를.

아이를 방안에 놓아두고 부엌일을 하기에는 집의 구조는 마땅치 않았다. 안방에서 나와 마루를 거쳐 신발을 신고 부엌으로 가야 했기 때문에 머리도 가누지 못하는 아이를 업을 수밖에 없었다. 초보 엄마로서 처네는 불편했다. 점점 아이가 밖으로 빠져나오기 때문이었다. 시간이 흐르고 아이의 몸무게는 점점 늘어났지만 업는 일에 대한 기술은 늘지 않았다. 10m도 못 가서 다시 업고 다시 업고를 반복해야만 했다.

외출이 두려웠다. 그런데 동네 시장을 갔다가 이불 집에 걸려 있는 아기 띠가 눈에 띄었다. 어찌나 반갑던지 얼른 샀다. 요즘처럼 플라스틱 잠금장치도 없었다. 그냥 긴 끈으로 묶는 것이지만 흘러내리지 않아 아이와 나는 공동의 편안함을 가질 수 있었다. 띠로 아이를 업고 처네로 두르고 커다란 스웨터를 입으면 한겨울이지만 서로에게 따뜻함을, 그리고 나에게는 두 손의 자유로움을 가져다주었다. 버스를 타고 친정 나들이를 할 수 있게 되었다. 신세계를 경험했다.

여름이 되면서 더위 때문이기도 하고 초보 엄마의 딱지를 떼고 싶었다. 이제는 목을 잘 가누는 아기와 호흡이 척척 맞았다. 얼굴을 마주하고 아이의 상태를 잘 볼 수 있어서 앞으로 메고 다녔다. 업었을 때 답답함은 사라졌다. 그런데 이 모습을 보신 엄마는 아이를 빼앗듯 띠에서 꺼냈다. 여름철엔 특히 아이의 배와 엄마의 배가 맞닿으면 뜨거워져 아이가 배탈이 난다는 것이었다. 요즘 것들이란 하시며 끌끌 혀를 차신다. 아이 엄마는 앞을 보고 아이는 뒤돌아서서 가는 꼴이니 말 못 하는 애라 그렇지 얼마나 불편할 것이냐는 것이었다.

1995년 초여름에

벌써 30년 전 이야기가 되었다. 세월은 흘러 다양한 종류의 아기 띠들이 등장했다. 자신들의 육아 방법에 따라, 용도에 따라 어찌 그리 많은지.

나의 두 딸도 아기를 낳아 키우고 있다. 처네라는 단어가 있는 줄도 모른다. 엊그제 손자를 업고 아파트 엘리베이터를 타려는데 청소 아줌마가 "어머 아직 포대기가 있네요. 요즘 아기들은 '어부바'라는 말도 모르던데" 한다.

아이를 키울 때 몰랐던 일이었다. 손자를 업고 보니 나와 같은 곳을 같은 시선의 각도로 보고 있다는 것을. 그게 동행이 아닌가 한다. 그래야 공감도 이루어진다는 것을.

지난여름, 덥고 습습한 날씨 때문에 힘들어하던 작은딸에게 큰딸은 자신의 경험을 털어 놓는다. '아이를 앞으로 안을 때는 그 사이에 삼베 베갯잇을 두 번 정도 접어서 넣어야 한다. 그래야 시원하다'는 것을. 아무리 시원하게 만든 '쿨 어쩌고저쩌고' 하는 플라스틱도 이 삼베 수건만 못하다는 걸 누누이 설명하고 있다. 맞는 말이다. 여러 차례의 손길이 가기는 하지만 한 여름엔 삼베만 한 것이 없다.

2017년 여름. 주안이 돌잔치하려고 잠시 귀국 중이던 계절에

딸 1

길 건넛집 쪽문 옆에 喪중임을 알리는 燈이 매달리던 날. 건넛집 작은 방 할머니의 죽음을 직감할 수 있었다. 베란다에 빨래를 널다가 비어있는 의자를 발견한 지 삼사일만의 일이었다.

할머니는 큰 주택의 작은방 하나에 세 들어 살고 있었다. 그 주택의 작은 쪽문 안쪽에 놓여 있는 나무 의자에 온종일 앉아 계셨다. 아마 작은 방이 너무 답답하기도 하고 적적해서 지나다니는 사람들을 구경하려고 했던 것 같다.

나는 늘 시간에 쫓겨 살아야 했고 낯가림이 아주 심해서 이웃사람 누구든지 인사를 하려 하거나 혹은 말을 걸어 올까 봐 사람과 마주치는 것을 불편해 했다. 이런 성향은 일종의 생활신조로 바뀌어서 이웃과의 소통이란 것 자체에 큰 의미를 두고 싶지 않았다.

그런데 출퇴근 때문에 하루에 두 번씩 꼭 마주쳐야 하는 할머니를 외면하기는 쉽지 않았다. 그 첫 번째 이유가 지리적 조건이었다. 내가 사는 집의 쪽문과 동일 선상에 놓여 있어서 눈인사조차 안 하고 지내기에는 눈길을 어디에 따로 둘 곳이 없었기 때문이었다. 눈인사로 매일 뵙다 보니 어떤 날 외할머니처럼 다가왔다. 그래서 대화는 시작되었다.

출근할 때는 내가 '벌써 나오셨어요'였고, 퇴근할 때는 할머니가 '이제 오나 봐!'였다. 단순한 대화였지만 감정의 교환도 이루어졌다. 세월이 흐르니 나의 낯가림도 변하는가 보다. 처음에 눈인사 정도로만 알고 지내던 할머니와의 관계가 지속해서 발전하게 된 것이다. 이제 아침 인사를 나눌 사람이 사라졌다. 영원히.

그 등을 보면서 어릴 적 생각이 났다. 동네에 등이 달린 집을 보면 무서움 증이 온몸에 달려들어 숨조차 제대로 쉴 수 없었고 가던 길을 멈춰 서서 다른 길을 찾으려 하지만 달리 방법이 없었다. 숨을 참고 뛰어야 했다. 초상을 치르는 일에 관한 그 어떤 경험도 없는데 그것에 대한 공포는 도대체 어디서 온 것일까.

중학교 1학년 때 작은아버지의 영정 앞에서도 얼어붙을 정도로 공포는 더 심해졌다. 영정 사진은 마치 화가 난 것처럼 보여서 애써 외면했다가 다시 보면 인자한 눈웃음으로 나를 보고 있었다. 이런 이율배반적인 감정의 변화가 순간적으로 일어나는 이유도 모른 채 무서움은 오랫동안 가슴 속에서 지워지지 않았다.

오늘 앞집의 등에서 무서움보다는 앞집 할머니의 외로운 모습과 가끔 손주들의 재롱을 보고 있던 얼굴이 겹쳐 보이는 것을 느꼈다. 일순간에 무서움이 사라졌다. 이건 또 무슨 일인가 싶었다. 죽음에 대한 공포보다 망자에 대한 연민과 망자가 천국에 가기를 바라는 마음이 컸기 때문인 듯하다.

발인하는 날은 마침 일요일이었는데 크게 들리는 곡소리에 무의식적으로 밖을 내다보았다. 온 동네가 떠나갈 것 같았다. 장의차 앞에서 호곡하는 두 명의 여인들은 40대 중반을 넘긴 듯했다, 옆에서 보기에도 그 울음에는 슬픔이 가득 차 있었다. 엄마의 죽음을 받아들이기가 쉽지 않은 듯 슬픔을 이기지 못한 딸들의 오열은 보는 사람의 눈물샘을 자극하기에도 충분했다.

동네 사람들은 큰 구경거리라도 되는 듯 여기저기 모여들기 시작했다. 순간 구경거리 대상이 된 저 여인들은 혹시나 창피하지 않을까 하는 마음에서 시작해 '나라면'이라는 생각까지 이르게 되었다. 내 생각을 읽은 엄마가 부모의 초상에는 딸이 슬퍼하며 곡을 해야 하고 그 곡소리가 담장을 넘어야만 부모님이 좋은 세상으로 간다고 하셨다. 연로하신 부모님을 생각하니 저 여인들보다 더 크게 곡을 할 수 있을 것 같다. 이제 두 딸을 키우면서 그 말들이 새삼스레 가슴에 와 닿는다.

유전자를 감식해 아들과 딸을 마음대로 구별해서 낳겠다는 세상의 신세대 엄마들과 달리 우리의 할머니들은 남존여비의 봉건적인 사회에서도 딸의 자리를 지켜주고 싶었던 마음의 여유, 배려를 가졌던 것은 아니었을까. 문정희의 〈곡비〉라는 시가 생각난다.

> 사시사철 엉겅퀴처럼 푸르죽죽하던 옥례 엄마는
> 곡(哭)을 팔고 다니는 곡비(哭婢)였다
>
> 이 세상 가장 슬픈 사람들의 울음
> 천지가 진동하게 대신 울어 주고
>
> 그네 울음에 꺼져 버린 땅 밑으로
> 떨어지는 무수한 별똥 주워 먹고 살았다
> 그네의 허기 위로 쏟아지는 별똥 주워 먹으며
> 까무러칠 듯 울어 대는 곡(哭)소리에
> 이승에는 눈 못 감고 떠도는 죽음 하나도 없었다.
> 저승으로 갈 사람 편히 떠나고
> 남은 이들만 잠시 서성일 뿐이었다.

1995. 5.

딸 2

세상이 시끄러우면

줄에 앉은 참새의 마음으로

아버지는 어린 것들의 앞날을 걱정한다.

어린 것들은 아버지의 나라다. 아버지의 동포다.

아버지의 눈에는 눈물이 보이지 않으나

아버지가 마시는 술에는 항상

보이지 않는 눈물이 절반이다.

아버지는 가장 외로운 사람이다.

아버지는 비록 영웅이 될 수 있지만 .....(중략)

집에 돌아오면 아버지가 된다.

아버지의 때는 항상 씻김을 받는다.

어린 것들이 간직한 깨끗한 피로......

수업 시간에 김현승의 〈아버지의 마음〉을 가르칠 때마다 학생들에게 아버지를 생각해 보라고 강요를 한다. 아이들은 눈만 멀뚱멀뚱하게 뜨고 생각하는 척한다. 그래 아직은 그 마음을 어찌 읽으랴 싶어질 때 갑자기 내 콧날이 시큰해진다.

　새집으로 이사를 한다고 법석을 떨더니 벌써 7년이나 지났다. 한 번 넣어둔 그릇은 좀처럼 꺼내고 싶지 않은 것이 맞벌이 주부의 마음이다. 시댁 식구를 초대하기 전에는 절대로 들어내지 말자는 것이 나의 철학이고 보면 어지간히 게으른 습성을 위장하는데 안성맞춤이다. 욕심이 원래 많은 나였나 보다. 그렇지 않고서야 그릇이 이렇게 많이 그득한 걸 보니. 그러면서 큰애에게는 너 시집갈 때는 부부용만 사고 나머지는 일회용으로 사라고 한다.

　결혼 생활 20년이 지나도록 집을 떠나본 적이 거의 없는 남편이 백두산으로 여행을 간다며 일주일 기한으로 떠났다. 자기도 좋겠지만 출장 한 번 안가는 남편에게 내심으로는 불만을 품고 있었는데 무슨 횡재라도 얻은 기분이 되었다. 사실 출장이 잦은 남편을 둔 친구가 몹시 부러웠다. 자유를 만끽하겠다는 생각도 잠시 큰애는 대청소 하라고 성화를 부린다. 내 복에 무슨 호사를 누리랴.
　하는 수 없이 찬장에서 그릇을 하나하나 꺼내다 보니 스테인리스 국그릇에 밥그릇까지 하염없이 나온다. 들어 있을 때는 몰랐는데 내놓기 시작하니 저 찬장이 화수분이 아닌가 싶다. 그릇들이 부엌 바닥을 2층으로 빼곡히 채웠다.

그것 중에는 상자채로 놓여 있던 것이 3개나 되었다. 대학 4학년 봄. 졸업 후 진로 때문에 심한 스트레스를 받았던지, 지금도 확실한 이유는 모르지만, 중환자실에서 생사기로를 헤맨 적이 있었다. 혹여 하는 생각에 늘 불안해 하시던 아버지는 그 딸이 시집을 간다는 말에 흐뭇해서인지 혼수를 사들이기 시작하셨다. 그것 중에는 홈 세트라고 해서 가지가지 그릇이 들어 있었는데 아직도 뜯지 않았다.

결혼을 하고도 10년 동안 빌빌거리는 딸이 36살에 학교에 나가게 되었다고 했을 때 살림과 학교 일을 동시에 할 수 있겠냐며 걱정을 앞세우셨다. 꼭 해야겠냐고. 혹여 자식을 앞세우는 일을 걱정하셨던 것은 아니었을까.

이제는 연로하셔서 그런지 '온몸이 왜 이리 아픈지 모르겠다' 하시며 힘들어 하시지만 멀리 떨어져 있다는 이유로 가끔 전화질만 해대는 딸은 아버지를 어떤 방법으로 사랑하고 있는 걸까. 내리사랑은 있어도 치사랑은 없다던데 그 말이 맞는 것 같다.

도둑 효도 1

수업의 효율을 높이겠다고 토요일마다 전일제를 시행한 지 벌써 세 해를 맞고 있다. 처음에는 갈 곳을 정하지 못해 늘 학교 뒷산을 오르는 일로 때웠다. 학생들의 건강을 위해서 마땅히 해야 하는 아주 좋은 일이라는 명분 아래 반복적이고 획일적으로 이루어졌다. 달리 방법이 없는데도 아이들은 불만의 소리를 높였다. 운동을 안 하면 내일 죽을지도 모른다고 위협을 해 온대도 미동을 할까 말까 망설이는 나 역시 아이들만큼이나 고역이었다.

그 전일제 때문에 셋째 토요일은 CA를 한다. 언제든지 마음만 먹으면 그 하루쯤 출근을 하지 않아도 표시가 나지 않을 것이다. 옆 반 선생님의 동조만 있다면.

힘들고 고단한 일상 속에서 그런 일탈은 나에게 아편 같은 즐거움이 될 수 있을 것 같다. 그 특별 활동의 시간을 훔쳐 내서 완전

한 범죄를 만들어 그 즐거움을 만끽해 보자. 훔친 시간을 어디에 쓸 것인가? 창밖에는 개발이라는 핑계로 맹산 자락은 알몸을 보여 주기 시작했다. 저 산은 벗겨지는 자신을 아직 보지 못했는지 부끄러움보다는 푸름을 당당하게 보여 준다. 한쪽의 몸뚱이가 잘려 나가는 아픔을 정말로 모르는지 아니면 모르는 척하는 것인지 알 수가 없다. 그곳에는 높은 빌딩이 들어설 것이다. 전혀 다른 세계와 공존하게 될 것이다.

그 한심스러운 폐허 속에서 부모님이 떠오르는 것은 아마도 세월 앞에 저렇게 한 자락이 허물어지고 끝내는 원래의 모습을 볼 수 없는 아픔을 겪을지도 모른다는 생각이 들었기 때문이었으리라. '생각 난 김에 일을 해치우자. 아무 생각하지 말자.' 다짐을 다졌다. 모란 터미널에 도착해서 또 한 번 다짐을. 죄의식을 느끼지 말자고, 내 부모를 위해서.

금요일 오후. 출발 시간인 4시 40분까지는 대략 10여 분 여유가 있었다. 부모님에게 전화했다. 지금 고속버스를 탔다고.

기어 넣는 소리와 동시에 뒷좌석 남자는 코를 골며 잔다. 市界를 벗어나자 아카시아가 활짝 피어 있었다. 향내가 버스 안으로 들어오기 시작한다. 흐린 향내가 살짝살짝 코끝을 왔다 간다. 나의 여행은 그런 짜릿함과 날씨의 화창함, 저녁의 한가함이 함께 실려 간다.

부모님 집에 들어서는 나를 보자마자 엄마는 재수생을 둔 부모가 되어서 휴일마저도 식구를 돌보지 않고 이렇게 오면 어찌하느냐며 걱정을 늘어놓으신다. 그래도 오랜만에 대하는 자식이라고 고깃배가 들어오는 시간을 택해서 새벽에 문을 나서는 뒷모습이 그래도 보기에 좋았다. 돌아오는 손에는 아이들이 좋아하는 소금물에 절인 꽃게를 들려주셨다.

등 뒤편에서 엄마가 하시던 말씀이 내 어깨 위에 올라앉는다. '멧비둘기 잡으려다 집비둘기 놓친다. 애들 잘 건사해라.'

아침 7시 집 현관문을 열고 나와 자율 학습이라는 이름으로 밤 10시 30분이 되어야 그 문을 닫고 들어서는 날이 벌써 두 달 반을 넘어선다. 반 아이들과 나눈 인사는 웃으며 '집에 다녀오자'였다. 공교육이 무너진다고 연일 아우성을 치지만 현장에 있는 나는 교사로서 현실이 중요하다. 담임이라는 임무를 당연히 그렇게 치러야 한다는 마음으로 하루하루를 보낸다. 휴일에 같이 지내지 못한 남편과 자식에 대한 미안한 생각이 이제야 떠오른다.

2000년 봄에

도둑 효도 2

꽃이 흐드러지게 피는 봄날이거나, 가을날 단풍이 꽃보다 아름다워 보일 때 누구든지 여행을 꿈꾼다. 오랜 추위를 단 한 번에 벗어 버려 온갖 꽃이 동시에 피어난 올봄은 더욱더 그렇다.

경제적 여유, 시간적 여유. 이런 것들을 누리기위해 생활의 울타리를 맘대로 벗어나는 일은 쉽지 않다. 더욱이 휴가를 낼 수 없는 교사에게는 그림의 떡일 뿐이다. 내 차에 함께 탄 같은 동네의 교사들은 열없어 하면서 '이대로 고속 도로로 향할까요?'라는 말을 계절마다 해댄다. 소용이 없으면서도 그렇게 해서라도 우리의 욕망을 분출한다고나 할까. 그렇지 않으면 미칠 수도 있다. 나 역시 그렇게 되뇌일 뿐 일상을 벗어난다는 것은 영화에서나 있을 법한 일로 접어두고 나면 어느새 내 차는 김유신의 말처럼 학교 교문을 들어서고 있다.

그럼 그렇지 내가 별수 있나. 이제는 그 화려한 꽃잎들이 연초

록과 일상에 가려 보이지 않는다.

오늘 아침 이를 닦다가 문득 어젯밤 꿈에 이가 빠지는 꿈을 꾼 것 같은 느낌이 났다. 치약 거품이 입안에서 다 사라지도록 꿈을 쫓아 보았으나 안개 속 같은 아스라한 느낌뿐 그 자락을 끝내 잡아낼 수가 없었다.

공연히 찜찜할 뿐. 이에 관한 꿈은 좋지 않다는데. 맞다. 윗니가 빠졌다. 윗니가 빠지는 꿈은 부모님의 좋지 않은 소식을 의미한다던데. 부산에 전화했다. 사흘 전부터 아버지가 이를 뽑고 계시다고. 이제 틀니를 준비 중이라 했다. 얼마나 다행이던지. 날숨을 크게 쉰다. 돈을 보내 드린다고 했다.

'고맙다. 너에게 부담만 주는구나. 고맙다'

뭐가 고마운가? 자식이면 당연히 하는 건데. 수화기를 내려놓고 터져 나오는 울음을 참지 않았다. 혼자만의 생각인지 힘없는 아버지의 목소리에는 비굴함까지 묻어 있는 것 같아 더욱 속이 쓰리다. 종일 그 소리가 귓가에서 쟁쟁거렸다.

젊은 날 돈 걱정 없이 사셨던 아버지. 그 덕으로 식구가 모두 손만 내밀면 돈이 생기는 줄 알았던 우리. 그래서 가끔 아버지는 '너희는 내가 이병철로 보이냐'는 말씀도 있었다. 말년에 사업 실패로 더는 재기할 수 없을 정도로 파산해서 근근한 삶을 사시는 아버지. 한때는 남처럼 재산도 숨기지 못하고, 관리하지도 못한 것에 대한 원망도 해 보았지만, 귀착점은 늘 연민이었다.

김유신이 자신의 애마를 죽이듯 나도 죽여 보자. 도둑질도 첫발을 떼어놓기가 어려운 것이지 겨우 떼어놓기만 하면 두 번째는 다소의 두려움은 있지만 한번 해 본 솜씨로는 또 감행하는 데 별 어려움을 느끼지 못한다. 역시 두 번째 시도는 고민의 강도가 작년보다는 훨씬 가벼웠다. 일 년에 한 번 이번에도 몇몇 눈이 묵인만 해 준다면 가능할 것 같다.

부모님을 찾아뵌 지 일 년이 넘어간다. 이제는 연로해지셔서 거동이 어렵다고 통 나들이를 하지 않으셨다. 셋째 토요일이 디데이였다.

이 화창한 토요일. 아이들이 선생님 몰래 땡땡이를 치는 기분을 이해할 것 같다. 아무도 할 수 없는 일을 혼자 하고 있다는 것만으로 뿌듯한데 온 산과 들판의 신록이 각자의 내음으로 밀폐되어 열리지도 않는 고속버스의 창문을 두들긴다.

토요일과 일요일 반나절을 같이 보내고 왔다. 그런데 지금껏 보았던 부모님의 모습이 아니었다. 겉모습에서 연로한 모습이 역력했고 거동도 매우 느려지셨다. 마치 타인 같았다. 아직 변하지 않은 목소리로 연결의 끈을 잡을 수 있어서 다행이었다.

생경해진 부모의 모습에서 나를 돌아본다. 너무 적조했던 탓이었다. 서먹해진 나의 행동에 문제가 많음을 알았다. 간신히 훔쳐낸 시간이 없었더라면 이런 비겁한 감정의 골은 더욱더 깊었을 게다. 좀 더 자주는 안 되지만 여름방학에는 좀 길고 여유 있게 날을 잡아야겠다.

2001년 4월 셋째 토요일쯤에

봄나물

먹는 것이 부족해서 먹는 것이라면 무엇이든 먹어 치울 기세로 눈을 붉히던 시절이 있었다. 얼마 전 일 같은데 이제는 지천으로 널린 것이 먹을거리이고 보니 세월 참 좋다.

10년 전 봄. 작은 형부의 입원은 우리 가족을 당황스럽게 만들었다. 아흔이 넘은 외할머니조차 정정하시던 그때. C형간염이라는 생소한 병명은 우리를 미로 속에서 헤매게 했다.

어느 가족이든 마찬가지이겠지만 우리의 귀는 얇을 대로 얇아져 좋다는 것은 모조리 찾아다녔다. 민간요법에 대한 이야기는 혹부리 영감의 혹처럼 끝없이 쏟아져 나왔다. 그 가운데 돌미나리가 좋다는 소리에 귀가 번쩍 뜨였다. 학교 옆 논두렁에서 본 적이 있었다. 어린 시절부터 채소와는 거리가 멀던 차라 이름이라도 알아둔 것이 다행이었다.

여선생님들과 함께 논바닥을 샅샅이 뒤져나갔다. 이런 것을 먹을 수 있다는 것도 여기 있는 것도 신기할 따름이었다. 36년 동안 도시 사람으로 살면서 땅에 무엇이 있는지 관심은커녕 쌀 나무가 아닌 벼라는 단어를 사용하는 것만으로도 당당했었는데 갑자기 부끄럽다. 그래도 제발 효험이 있기를 빌었다.

그 봄이 지나가고 여름이 시작되던 때 형부는 우리의 소망을 멀리했다.

해가 바뀌고 봄이 되자 그 자리에서 미나리는 또 돋아났다. 서서히 아물던 아픈 자리가 다시 도드라졌다. 그 우울함의 뒷자락을 보았는지 위로를 한다며 동료 교사는 나에게 돋아나는 풀들을 일러 주었다.

홑잎. 참빗살나무 순으로 아주 부드러우면서도 잘 찢어지지 않는 특성이 있지만 입속에서는 꼬들꼬들하면서 씹히는 맛이 특이하다 했다. 때로는 땅속에서도 비집고 나와 '땅홑잎'이라 한단다. 데쳐서 고추장이나 된장을 넣고 주물러 주면 된다는 귀띔도 한다.

바닥을 거미줄 치듯 뻗어 나가는 별금자리는 실타래처럼 엉겨

붙기도 했다. 이것은 새콤달콤하게 무치란다. 거기에 망초대순, 돌나물, 민들레, 원추리, 씀바귀, 내가 알고 있는 쑥까지 많기도 많다. 초봄에 나오는 풀은 거의 먹을 수 있다는 것이 놀랍기만 하다.

슬픔이라는 단어가 이제는 남의 것처럼 느껴지지만 새로 돋아나는 풀을 볼 때마다 형부의 모습이 떠오른다. 형부 때문에 알게 된 얼음을 좋아할 수만은 없다. 그래도 봄이 되면 씁쓸한 마음을 다잡기에 안성맞춤이다.

밥맛 없어 하는 아이들에게 억지로 먹이고 있는 나를 보면서 겨우 내내 푸른 채소를 먹을 수 없었던 시절에 봄이 되면 조상들은 들풀 때문에 밥상에서 조금은 호사를 누렸겠구나 하는 생각이 들었다.

2000년 봄에

시집 멀리 가기

아이들은 가사 시간에 수행평가 과제로 무엇인가를 열심히 만들어 낸다. 3cm밖에 안 되는 작은 바늘에 열 배도 넘게 아주 긴 실을 끼워 열심히 십자수를 놓는다. 저렇게 긴 실을 잡아당기다 옆에 있는 친구의 얼굴을 찌를 것만 같아 간이 콩알만 해진다.

그 실은 십중팔구 엉키게 마련이었고 아이들은 풀어보려는 노력 없이 가위로 사정없이 잘라내 버린다. 당연히 잘라야지. 그런데 왜 그 단호함을 보면 '요즘 아이들' 같다고 느낄까.

단 1cm도 아까웠던 것인지 엄마는 실이 엉키면 끝끝내 풀고 계셨다. 그냥 자르면 될 일을… 노동의 대가도 나오지 않는 시간을 투자하며 앉아 계신 엄마를 이해하지 못했다. 쉽게 이해하기 어려운 상황이지만 '엉킨 실타래를 풀어내라'는 엄마의 명령을 거역해 본 기억은 없다. 그 마음에는 자식의 인내심을 키워 주기 위함이 있었나 보다.

아버지의 깔끔한 성격을 맞추기 위해 엄마는 여름의 초입에 이불과 요의 홑청, 베갯잇에 풀을 먹이셨다. 밀가루풀보다 쌀풀이 곱고 세며 냄새도 나지 않는다고 했다. 밀가루풀은 옷감에서 밀가루 냄새가 난다고 했다. 엄마가 풀 먹이는 것을 보면서 이제 곧 여름이 다가오고 있음을 알 수 있었다.

장마가 시작되기 전 6월 초가 되면 마당 이 끝에서 저 끝까지 늘어진 빨랫줄은 가운데의 장대에 의지하고 있었지만, 그것들을 힘겨워했다. 걸린 홑청을 툭툭 털고 잡아당기며 구김살을 펴신다. 걷을 시기는 꾸덕꾸덕하게 수분을 적당히 머금은 상태이다. 아차 해서 시간을 놓쳐버리면 또다시 물을 뿌려야 하고 그렇게 되면 풀기는 죽고 만다.

엄마와 외할머니는 타이밍을 잘 맞추어 걷어 들인 홑청을 두 번 정도 양쪽에서 잡아당겨 길이를 늘이고 귀를 맞추는 작업을 한다. 홑청 아래 무엇이 있는 것도 아닌데도 우리 남매들은 그 아래를 기어서 오가기를 반복했다. 놀잇감이 변변치 않은 시절이어서 그것도 재미가 쏠쏠했다.
그러고 나면 엄마와 외할머니는 본격적으로 다듬이질을 한다. 당신들의 왼손과 오른손에서 만들어지는 소리는 적절한 강약과 완급 때문에 피아노 건반 위를 날아다니는 소리보다 방망이의 소리는 머리를 울려댈 정도로 훨씬 경쾌했다. 홑청은 엄마와 외할머니의 다듬이질을 통해 빳빳해진다.

모든 과정을 거친 홑청은 눈이 부시도록 희었다. 바람이 불 때마다 사각거리는 소리는 우리의 귀를 간지럽게 했다.

풀이 잘 먹은 홑청은 마치 새색시 치마저고리처럼 곱게 조심스럽게 대청마루에 펼쳐진다. 그 위에 반듯하니 얇은 누비이불이 올라가면 접어서 바느질을 시작한다. 이불의 세로를 먼저 꿰매고 나서 보기 좋게 각을 잡아 가로를 꿰매면 하루 일과가 끝이 난다.

홑청을 시치는 일도 바늘이 이불의 위아래를 사선으로 넘나들며 땀이 넓지도 좁지도 않게 해야 한다. 그냥 적절히. 실의 길이는 이불의 가로와 세로에 맞게 4번 끼워야 한다. 이때 너무 길면 실이 엉켜 중간에 끊고 매듭을 지어야 하기 때문에 고운 이불이 되지 않는다. 그래서 일까? 엄마는 '실을 너무 길게 끼우면 시집을 멀리 간다'고 으름장을 놓으셨다.

어린 마음에 멀리가든 말든 한 번만 바늘귀에 실을 꿰고 싶었다. 그러나 실의 길이를 가늠하기도 어려웠다. 지금 생각해 보면

별것도 아닌데 왜 어려웠을까.

과거 어른들은 그 실마저도 아까우셨을 것이다. 가늠을 잘 못해서 실이 남으면 마치 자신의 살갗이 잘려 나가는 것처럼 아까워하는 것 같았다. 목화에서 실을 뽑기까지 애쓰시던 당신들의 고달픔 때문이었을 것이리라.

지금 저 자리에서 실을 길게 꿰고 있는 학생들을 보며 "애들아 실 길게 하면 시집 멀리 간다."라고 해보지만, 아이들은 아무렇지도 않다. 그 이유를 길지 않게 설명해 보지만 못 알아듣는 것은 여전하다.

시대가 변하고 세상이 변해 버린 지금의 아이들에게 부족한 것이 무엇이 있겠는가. 잘려 나간 실에 대한 아까움. 많은 매듭이 지워져 예쁘지 않은 작품들. 그것도 중요하지 않다. 잘려 나간 실처럼 보잘것없는 이 이야기가 무슨 교훈이 될 것이며, 어떤 이해를 바랄 수 있을까. 그래도 이야기하고 싶다. 알려 주고 싶다.

"애들아 이런 얘기는 어디에서도 들을 수 없으니 잘 들어.
학원에서도 절대 알 수 없는 얘기야. 나만 알고 있는 거니까."
목소리가 높아진다.

다른 해와 달리 올해는 6월 중순에 장마가 시작된단다. 아이들의 이불이 합성 섬유로 바뀐 지 오래되었지만 장마가 시작되기 전 몇 해 동안 꺼내 놓지 않았던 삼베 이불로 청각과 촉각을 호강시켜보려 한다.

울랑재 크나큰 입을 버리고 너털웃음으로 이르되,

"인화야, 너와 나는 소임 같다. 연이나 인화는 침선뿐이라. 나는 천만 가지 의복에 아니 참예하는 곳이 없고, 가증한 여자들은 하로 할 일도 열흘이나 구기여 살이 주역주역한 것을 내의 광둔(廣臀)으로 한번 쓰치면 굵은 살 낱낱이 펴이며 제도와 모양이 고하지고 더욱 하절을 만나면 소님이 다사하야 일일도 한가하지 못한지라. 의복이나 곧 아니면 어찌 고오며 더욱 세답하는 년들이 게을러 풀먹여 널어 두고 잠만 자면 브듯쳐 말린 것을 나의 광둔 아니면 어찌 고우며, 세상 남녀 어찌 반반한 것을 입으리오. 이러므로 작의 공이 내 제일이 되나니라."

– 〈규중칠우쟁론기〉 중에서 –

2000년 6월 초

다듬이 소리

전화벨 신호가 여섯 번을 울렸는데도 받지 않는다.

여덟, 아홉, 열……

"후…… 여, 보, 세요"

"언니 나야 뭐 했는데 전화를 늦게 받아?"

"풀 먹이느라구"

"엄마가 온다니까 혼날까 봐?"

"그런 것도 있고…….."

하면서 자매의 이야기는 시작되었다.

오십을 넘긴 언니와 마흔다섯을 넘긴 동생의 대화 치고는 유치하기 짝이 없기는 하지만 여전히 엄마 잔소리에 시달리는 우리에게 엄마의 방문은 심각한 일이다. 멀리 부산에서 사시는 엄마는 이불을 점검하러 서울까지 오시는 것이다. 또 다른 이유도 있다. 며느리를 흉보기 위해.

우리 집에 도착한 엄마는 잔소리로 만남을 시작했다. 세탁기에 온갖 빨래를 넣어 한꺼번에 빠는 일이나, 이불이 축축한데도 햇빛에 한 번 말리지 않는다며 왜 그러는지 모르겠다는 것이다. 당신의 아들은 풀 먹인 이불을 좋아하는데 결혼한 이후 물구덩이에서 산다며 아들의 불쌍함을 내세우신다. 우리를 타박하시며 며느리의 부족한 부분을 확인하려는 것이다. 직장생활을 하는 딸과 전업주부인 며느리를 비교해서 또 한 번 며느리를 미워할 기회를 잡고 싶으신 건 아닌지 모르겠다.

"엄마. 우리가 별난 거야. 요새 이렇게 풀 먹이고 사는 사람 없어. 그냥 놔둬."

식구가 많아서 그랬을 것이다. 어찌나 빨래도 많았는지 모른다. 5월 말에는 날이 좋아서 하루해에 여러 번 빨래하고 홑청을 점검하셨다.

예전. 엄마와 외할머니는 죽이 잘 맞았다. 그 좁고 가는 다듬잇돌 위에서 4개의 방망이는 부딪침도 없이 열심히 놀았다. 장단을 맞추는 소리는 쾌청한 하늘을 뚫을 것 같은 느낌이었다.

어린 마음에 외할머니를 시험해 볼 얄팍한 요량으로 엄마의 방망이를 빼앗아 두들겨 보지만 허사였다. 내가 멋대로 시작하여도

서너 번 뚝, 뚝, 딱, 딱하면 느리든 빠르든 멋진 장단으로 바꾸어 내는 것이 마치 도깨비가 방망이로 무엇이든 만들어 내는 것과 다를 바 없었다. 그런 일들이 이제는 아스라한 과거의 일일 뿐이다.

엄마의 확인 작업이 끝났으니 오늘 밤부터 이불에서 나는 산뜻한 풀 향기와 바스락거리는 소리에 취해 일부러 뒤척여 보아야겠다.

이제 외할머니도 안 계셔서 섭섭하고 다듬잇돌과 방망이가 없는 것도 아쉽다. 박물관에 있거나 그저 인테리어 품목에 속하는 운명을 지니게 되었다. 그러나 속이 더 상하는 일은 그런 것들이 집에 있다 해도 위, 아래 층 사람들에게 주는 소음 때문에 참아야 하고 아이들이 그런 촉감과 교감 없이 살아야 한다는 것이 답답하기만 하다. 두 딸은 훗날 무엇을 기억하고 있을까?

야청도의성(夜廳擣衣聲)

양태사

서리내린 하늘에 달이 비치고 은하수가 밝아
나그네는 돌아갈 생각으로 마음이 간절하구나

긴 밤을 앉아 있는 것이 지루해 근심도 사라지려고 하는데

어디선가 홀연히 이웃 여인의 다듬이 소리가 들려오네.

소리는 끊어질 듯 이어지고 바람따라 이르러서

밤이 깊어 별이 낮아지도록 잠시도 멈추지 않네

고국을 떠난 후로 들어보지 못했는데

지금 타향에서도 들려오는 저 소리는 비슷하구나.

시간을 초월하여 누구든 자신과 관련된 소재를 통해 사람의 마음이 오고 가는 것은 한결같은 것인가 보다.

까치밥

우리 집 부엌에서 설거지를 하다 보면 길 건넛집 마당이 훤히 보인다. 그때마다 김원일의 '마당 깊은 집'이라는 소설이 생각난다.

시대가 다르고 환경도 달라졌지만, 마당이라는 단어는 아직도 훈기를 가지고 있나 보다.

사생활 침해가 될 정도의 가까운 거리에서 남을 들여다본다는 것이 양심의 문제와 관련되기는 하나 눈을 감고 살 수도 없으니 그냥 보이는 대로 보는 것이다. 이런 줄 알면 그 집 사람들은 분명히 기분이 좋지는 않겠지만.

살벌한 서울 도심에서 건넛집 마당을 가득 채운 나무들 중 가장 양지바른 곳에 심어놓은 목련 한 그루. 잎사귀 하나 없는 상태에서 흰 꽃이 만발할 때까지 하루하루 모습은 마치 느린 장면을 보는 것 같아 나의 마음에도 여유가 생긴다. 희고 우아한 꽃잎이 떨어지고 나면 추한 갈색이 되어 너무 대조적이다.

그렇게 마음이 심란할 때쯤 되면 붉은 덩굴장미가 그 집 대문 위와 담장을 뒤덮는다. 해가 길어지기 시작하는 초여름 저녁 그 향기가 부엌으로 들어와 음식 냄새를 덮어줄 때면 나는 그들에게 한없이 고마워진다.

한여름 능소화는 여름을 더욱 늘어지게 한다. 혼자 설 수 없어 다른 나무에 기대어 살아가는 모습에서 상부상조를 생각하게 된다고 하면 과대망상이라는 말을 들을지 몰라도 가끔 자연에서 배우고 깨닫는 것이 있는 게 사실이다. 남이 있어야 살 수 있는 능소화는 그래도 자존감을 지키기 위해 나무에 붙어 있을 때나 땅에 떨어졌을 때나 다른 모습을 보이지 않아 조선 선비들은 변함없는 지조를 떠올리며 좋아했다지.

파란색의 모과가 잎 사이에서 숨바꼭질 하다가 들켜버린다. 점점이 붉은색을 자랑하는 감나무는 썰렁한 가을을 정열적으로 버티게 해 준다. 과하다 싶을 정도로 많은 까치밥은 겨울을 지내기에 쓸쓸하지 않다. 이렇게 일 년 동안 부엌일을 하면서 생긴 짜증과 피로를 그 집 마당에서 위로받는다.

우리 집 앞 베란다 창문 앞에는 노란 은행나무와 감나무가 있어 즐겁다. 은행나무가 황금알을 하나하나 떨어뜨릴 때 감나무도 옷을 벗고 진홍의 열매를 보기 좋게 매달아 놓는다.

어느 일요일, 앞에 있는 빌라 아줌마들의 날카로운 음성이 앞마당을 메웠다. 감을 수확하는 모양이다. 일 년 내내 들여다보지 않아 벌레가 우글거렸는지도 모르는데 무공해라며 수확의 기쁨만을 누리려는 사람들이 얄밉다. 거의 다 따고 서너 개를 남긴 채 총총 사라졌다. 까치밥으로 남겨둔 아줌마들의 아량이 고맙기도 했다.

사고가 생겼다. 그 몇 개의 감이 사라진 것이다. 사다리를 구해 와서 따다가 그것도 안 되자 악다구니를 쓰면서 감을 향해 돌로 전력투구했더란다. 그 결과 감이 떨어져 먹을 수가 없을 정도로 깨져 버리자 땅에 버리고 들어가더라고 옆집 아주머니가 전해 주었다. 결국 먹지도 못할 것을 한 개라도 더 먹겠다는 욕심 때문에 까치밥이 사라지고 말았다. 남겨 두었더라면 정말 까치의 먹이가 되었거나 지나가는 사람들에게 눈 호강이라도 시켜줄 수 있었을 텐데. 방안에서 황량한 겨울의 풍경을 보아야 하는 우리 빌라 식구들에게 따뜻함을 주었을 터인데.........

그들과는 정반대로 부엌에서 보이는 마당 깊은 집은 봄부터 정성껏 기르고 까치밥도 많이 남겨놓아 보는 이의 마음을 푸근하게 만든다. 그 집 식구들에게 고마움과 찬사를 보낸다.

고향이 고향인 줄도 모르면서

긴 장대 휘둘러 까치밥 따는

서울 조카아이들이여

그 까치밥 따지 말라

남도의 빈 겨울 하늘만 남으면

우리 마음 얼마나 허전할까

살아온 이 세상 어느 물굽이

소용돌이치고 휩쓸려 배 주릴 때도

공중을 오가는 날짐승에게 길을 내어 주는

그것은 따뜻한 등불이었으니

철없는 조카들이여

그 까치밥 따지 말라

– 송수권의 '까치밥' 중에서 –

2003년 늦가을에

영영(永永)

'등이 왜 이렇게 아픈지 모르겠다!' 하시는 아버지에게 '나도 등이 너무 아파. 날개가 나와서 아마 날게 될지도 몰라'라는 말을 그 짧은 몇 개월 동안에 왜 그렇게 아무렇지도 않게 했는지 모르겠다. 風樹之嘆이라 했지. 지나고 나면 모든 게 후회라고 했다. 한 번이라도 두들겨 드릴걸.

냉면 먹을 시절이면, 민어 철이 오면, 장조림과 섞여 있는 꽈리고추나 말린 홍어찜을 보면, 아버지가 생각난다. 왜 아버지와의 기억은 온통 먹는 것과 연관이 되어 있을까. 없던 시절, 아버지는 자식들에게 먹일 것을 염두에 두고 사셨던 건 아닐까.

남들은 보릿고개를 넘기느니 못 넘기느니 해도 피난민 근성을 지니셨던 탓인지 아버지는 살만한 생활을 자식에게 보상해 주셨다. 그리고 복수전을 펼치듯이 입고 사는 일보다 먹는 일에 매달리셨다. 먹는 걸 유난히 챙겨 주셨던 아버지. 약수동 집 마당에서 화로에 숯불을 지펴서 구워 주시던 곱창, 입을 열고 흰 살을 드러내며 거품을 보글보글 올리던 백합의 비릿한 바닷냄새가 그리워진다. 그런 기억은 나의 어린 시절 부르주아였다는 사실을 새삼 깨닫게 해 준다. 1960년대 말 온 식구가 을지로 우래옥에서 불고기와 후식으로 냉면까지 즐겼던 기억까지 떠오르면 더 그렇다.

추운 겨울, 금호동에서 버스를 타고 약수동 냉면집에 가면 좁은 부엌에 김이 가득하다. 내 몸까지 축축해질 때면 냉면 사리는 완성되었다. 엄마는 그사이 육수와 김칫국물을 준비하였고 거기에 말아먹던 일 또한 생생하다. 평안도 진남포 출신인 부모님은 유난히 냉면을 좋아하셨다. 약수동 냉면집 주인도 그곳 출신이었다.

아버지는 일제 강점기 시절 은행원이었다. 광복 후 부르주아라하여 아오지탄전으로 유배까지 갔던 아버지는 1 · 4후퇴에 고향을 버리고 피난을 올 수밖에 없었다. 서울에서 그 간난의 세월을 보내시고 그렇게 가셨다.

2007년 1월 28일 (일)
지난번 입원 후 폐암임이 확실해졌고 아프다고 할 때마다 투여

하는 진통제를 따로 제조해 받아 왔다. 이제는 집에서도 정신을 놓으시는 시간이 점점 많아진다. 교회 끝나고 집에 갔을 때만 해도 괜찮았는데 오후 늦게 큰아들이 와서 119로 급하게 입원을 시켰다. 호흡이 곤란해지자 입안에는 온통 허물이 벗겨지고 그 자리는 껍질처럼 단단해지기 시작한다. 말초 신경에 대한 고통이 매우 심하신가 보다.

2007년 1월 29일 (월)

큰딸도 수술하기 위해 병원에 입원했다. 2인실이다. 밤에 춥다고 호소한다. 옆에 있던 환자가 퇴원하고 창가 쪽으로 자리를 옮겼다. 서너겹의 이불을 덮어 주어도 한기를 호소한다.

2007년 1월 30일 (화)

수업이 끝나자마자 병원으로 달려갔는데 아직 딸의 수술은 시작되지 않았다. 오후 3시 30분부터 6시 45분까지 수술을 하였다. 예정보다 조금은 길었다. 밤새 고통을 참지 못했다. 진통제를 투여했다.

2007년 1월 31일 (수)

조기 진급 반 수업이 끝나는 날이다.

큰딸은 진통제 과다 투여 때문인지 토하고 정신이 없다. 하얗게 질리는 것 같다. 제대로 먹을 수 있는 것이 아무것도 없다.

2007년 2월 1일 (목)

아버지의 병세는 점점 악화일로에 놓여있다. 병 간호 중인 엄마는 변비가 심해 급하다고 전화가 왔다. 지금 올 수 없다면 혼자서라도 택시를 타고라도 집으로 가시겠단다. 엄마의 고생도 말이 아니다. 부랴부랴 엄마를 집에 모셔다드렸다. 세 밤을 집에서 주무셨다. 병원으로 모시고 가는 중 '내가 아버지 이제 가라고 밥 한 그릇 떠놓고 빌었다'고 하신다. 당신이 몹쓸 일을 하여 위로라도 받아야 할 것 같아 나에게 자신을 고자질하는 것인가 보다. 나는 '잘했어'라고 짧게 답했다.

큰언니도 낮에는 엄마와 함께 꼬박 앉아 있다.

2007년 2월 2일 (금)

큰딸이 퇴원하다. 병원 지하에 있는 의료기 상회에서 휠체어를 임대해 왔다. 상처는 집에서 치료하기로 했다.

2007년 2월 8일 (목)

아버지는 하루에도 여러 번 대변보는 일이 나흘 동안 계속되었다. 엄마는 아버지가 먹지도 않는데 왜 이런 일이 일어나는지 화를 내었다. 이미 엄마도 지쳐 있었다. 엄마를 집으로 보내고 나 혼자서 밤을 새우기로 했다. 아버지의 고통스러워하는 모습은 차마 견디기 어려웠다. 참기 위해 팔다리를 침대 난간에 대고 힘을 주셨나 보다. 아침에 일어나 보니 그곳에 멍이 많이 들었다.

간호사에게 진통제를 간곡하게 부탁했으나 진통제 투여는 곧 생의 마감을 의미하는 것이라고 말해 주었다. 하루에 세 번 정도는 투여해 주기로 했다. 호흡의 산소 수치가 자꾸만 내려간다. 한 치 앞도 우리는 알지 못한다.

2007년 2월 9일 (금)

작은언니는 자기도 한번 밤을 새우겠다고 해서 나와 함께 지냈다.

2007년 2월 10일 (토)

작은언니를 버스정류장까지 바래다 준 후 집에 가서 씻고 큰언니를 만나 종로에 있는 금은방에 함께 가려고 집을 나섰다. 큰조카 결혼식을 앞두고 있다. 병원 입구에서 큰언니를 만났다. 작은삼촌이 오셨다고 했다. 작은딸과 함께 병원을 나와 수원 나들목을 들어서려는 순간 엄마의 다급한 목소리. 아버지가 돌아가셨다. 오전 11시. 우리는 운명을 지키지 못했다.

지금껏 죽음과 주검을 보지 못한 나로서는 엄청나게 두려움을 가지고 있었다. 비록 아버지라 해도 무서움을 떨어내기가 쉽지 않았다. 그런데 운명하신 아버지의 모습은 평온하고 고요하다. 고통스러운 표정은 사라지고 평상시 흰 피부 그대로였다. 몇십 년을 가지고 있던 두려움과 공포는 헛된 것이었다. 그 감정이 그대로 있었다면 아버지에게 많이 미안했을 텐데 그러지 않아 정말 다행이었다.

2007년 2월 11일 (일)
많은 사람이 문상을 와 주었다. 감사드린다.

2007년 2월 12일 (월)
발인하던 날.
한겨울인데도 하늘은 가을처럼 청청하기만 하다.

즐거운 6월

2002년 6월. 6월이 시작되면서 월드컵 열기는 최고조에 이르렀다. 우리 선수들은 연이은 선전으로 국민들에게 기쁨을 주고 있다. 나도 예외가 될 수 없었다. 모든 시간이 마치 축구를 위해서 존재하고 다른 쪽 일들은 정지된 느낌이 들었다. 이보다 더 좋은 일은 없을 것이다. '보훈의 달 6월'이 '월드컵의 달 6월'로 바뀌었다.

70년대 초 학교에서는 6월 현충일이 되기만 하면 연례행사로 학생들은 꽃을 사서 교실에 비치해 놓은 양동이에 집어넣곤 했다. 경제적으로 여유가 없었던 우리들로서는 안개꽃이 고작이었다. 그래도 개중에는 붉은 장미꽃을 사 오는 아이도 있었다.

개량되기 이전 안개꽃은 소박하면서도 낱낱의 흰 꽃잎이 정말 안개 같다는 느낌을 주었다. 점점의 붉은 장미는 감성을 한껏 고조시키기에 충분했다. 꽃을 꽃병에 꽂아 놓고 즐긴다는 것은 가난함 때문에 감히 상상조차 할 수 없었다. 비록 양동이라 하더라도 풍성해진 꽃들은 우리의 마음까지도 부자로 만들어 주었다. 그런데 한참 쳐다보노라면 안개꽃에서 우수와 서러움, 비밀스러움 같은 것들이 묻어 나온다. 슬픔을 지닌 저 꽃들은 국립묘지를 향해 어느 이름 모를 군인의 묘역에 우리들의 정성스러운 마음과 함께 바쳐질 것이다.

반공(反共)이 국시(國是)였던 시대. 우리는 세뇌 교육을 받으며 무조건 믿고 따를 수밖에 없었다. 그때 우리들은 어떻게 해서든 북한으로 가서 김일성을 죽일 수만 있다면 이 한 몸 버릴 수 있다는 비장한 각오로 살았다.

그렇게 현충일이 지나고 나면 6·25가 된다. 가슴에는 '상기하자 6·25'라는 리본을 달았고 학교에서는 그 문구를 강요하기 위해 매년 같은 숙제를 내어 준다. 주위의 식구들에게 그때 어떻게 지냈는지를 들어오는 것이 숙제였다.

우리 부모님은 1·4후퇴 때 남하해서 전쟁을 몸소 느끼셨겠지만 여쭈어보는 일은 하지 않았다. 그때까지 아버지로부터 이북 생활에 대한 이야기를 들어 본 기억도 거의 없다. 마치 저쪽에 있었던 일을 집안에서 이야기하는 것조차 거의 금기시 되었던 것 같았다. 어쩌다 엄마가 TV에서 연설을 잘하는 사람이 나오면 '너의 막내 삼촌은 어찌나 말 수단이 좋은지 공산당원이 되어서 여기저기 다니며 연설을 하면 많은 사람이 입당을 했었는데…'라는 소리를 하는 정도였다.

집안에 붉은 기운이 있었다는 것인가? 어린 마음에도 '공산당'이라는 단어는 가슴을 두근거리게 했다. 글쓰기가 싫어서 묻지 않은 것보다 금기에 대한 무서움이 앞섰다.

그때 생긴 불안감은 오랫동안 사라지지 않았다. 그 감정은 교사로 나가기 전 공무원 신원 조회를 할 때 극도로 고조되었다. 혹시 그것 때문에 취업이 안 되면 어쩌나 하는 불안감 때문에. '아버지 친척은 어땠을까?' 하는 궁금증이 있었지만 '공산당'이라는 단어가 모든 것을 덮어 버렸다.

그렇게 세월은 흐르고 7·4 공동성명이 있던 해에 비로소 할머니, 큰아버지, 작은삼촌, 고모들이 있었다는 이야기를 겨우 들었다. 오랜만에 아버지의 입가에 번지던 미소를 보았다.

TV를 통해 이산가족 재회가 연일 밤을 새워 방송되었을 때에도 그 금기는 깨지지 않았다. 내가 장성해서 결혼하고 두 딸을 낳고, 그 딸이 초등학교 3학년이 되도록 금기는 계속되었다. 1990년 6월에 이르도록.

아이가 숙제해야 한다며 6·25에 대한 이야기를 해 달라고 조르기 시작했다. 난감했다. 아버지의 나이도 이제 칠순을 넘기셨으니 외손녀에게는 이야기를 들려주는 게 가능할 것 같았다. 큰아이의 옆구리를 찌르며 "네가 얘기하면 들려주실 거야"라며 부모님을 찾아뵈었다. 아버지는 엄마에게 "모든 걸 이야기 해 주라"고 하셨다. 실로 놀라운 일이 아닐 수 없었다. 40년 세월의 한이 봇물처럼 쏟아져 나왔다. 처음 들어보는 이야기였다.

진남포를 떠나려면 미 군함을 타야 하는데 썰물 시각이어서 큰언니를 업은 채 짐은 머리에 이고 바닷물로 들어갈 수밖에 없었던 상황. 아버지는 당신 식구들을 챙기기 위해 본가로 달려갔으나 할머니는 고향에 남겠다며 고집을 부리셨고, 실랑이를 벌이다 결국 당신 형의 아들만 데리고 바닷가에 도착했을 때 이미 배는 움직이기 시작했다. 엄마와 외갓집 식구만 태운 배는 부산에 도착했으나 부산에 피난민이 너무 많아 제주도로 향했다. 아버지는 우여곡절 끝에 다음 배를 간신히 얻어 탔다. 진남포 시의원이었던 외할아버지의 힘을 빌린 탈출은 거의 기적에 가까운 것이었다. 가족이 다시 만날 때까지 이별은 피를 말리게 하는 시간이었단다.

밤은 점점 깊어가고 이야기도 무르익었다. 태생부터 큰아이는 감정이 풍부했다. 마치 판소리에서 고수가 추임새를 넣듯 '어떻게?, 그래서!'를 연발했다. 한숨을 쉬기도 하고 울기도 하던 아이는 이제 지친 모습으로 차에 타자마자 곯아떨어졌다.

돌아오는 차 안에서 생각해 보았다. 40년 동안 쌓인 한이 몇 시간 동안 외손녀에게 쏟아 놓는다고 해서 보상이 될 리 없다. 그동안 침묵으로 일관할 수밖에 없었던 그 깊은 감정의 골은 어떻게 해야 하는가? 그것이 자식을 위한 것이었든 아니면 북에 두고 온 부모에 대한 죄책감이었든 버거운 짐에 침묵의 고통까지 감내하도록 강요 당한 세월이었다. 누구에게 그 원망의 화살을 돌려야 하나? 그동안 교과서에서 쉽게 보아 넘겼던 '분단의 고통'이었다.

아이는 글쓰기로 상을 탔다. 할머니 덕분이라고 즐거워했다. 6·15선언 이후 구름은 서서히 걷히고 햇볕정책으로 모두 이산가족의 만남을 기대했다. 아버지에게 신청하자고 말씀드렸다. 그때부터 새로운 침묵이 시작되었다. 나머지 식구들은 아버지 몰래 '만남'을 신청하려 했으나 원적 이외의 사항을 알 수 없었다. 허락을 얻어내는 데까지 시간이 오래 걸리지 않았다. 당뇨병이 심했던 아버지는 약해진 탓인지 신청을 허락해주었다. 만났던 이들은 만남 후의 이별을 고통스러워하지만 그 만남조차 가질 수 없었던 이들에 비하면 행복한 아픔이 아닌가.

그러나 기다림의 끝은 언제일지 모른다. 미수(米壽)를 바라보시는 아버지에게 통일이 된다면 북쪽 식구들에게 쌀 한 가마라도 가져다 드리겠다는 말로 위로할 수밖에 없는 현실이 안타깝다.

월드컵으로 온 국민이 이처럼 열광하는데 통일이 된다면 대한민국의 지축을 아마도 몇 센티미터는 가라앉히고도 남음이 있을 것이다.

월드컵의 개가(凱歌)는 '보훈, 호국'이라는 무거운 주제를 벗기고 오랜만에 즐거운 6월로 만들어 주었다. 머지않아 '보훈의 달 6월'이 없어지기를 간절히 기원한다. 아버지가 돌아가시기 전에.

너의 잘못이 아니야!

딸애 취업 면접이 잡힌 날

"엄마~ 모레 면접 보러 오래. 아빠한테는 얘기하지 마!"

라는 말에

"응? 그래!"

라고 대답을 건성으로 할 수밖에 없었다. 호들갑을 떨었다가 떨어지면 그것이 딸에게 큰 좌절이 될지도 몰라서였다.

"근데~ 같이 갈까?"

라는 말은 더욱 조심스러웠다.

- 올해로 서른이 되는 딸애는 처음 보는 면접이어서 떨리는 모양이었다. 정규직도 아니고 2월 말에서 6월 말까지 근무하는 계약직 1명을 뽑는 것인데도 목숨을 거는 게 안쓰러울 정도였다. 단 1명. 혹시 짜고 치는 고스톱에 들러리는 아닐까? 라는 딸애의 질문에 나는 요즈음 세상이 어떤 세상인데 그러겠니? 하면서도 속으로는

그럴지도 모른다는 생각이 들어 불안했다.

주변에서 청년 실업 문제 때문에 젊은이들이 힘들다고 아무리 이야기해도 당사자가 아니면 그 고통은 아무도 모른다. 면접 보러 가는 곳이 경복궁과 가까워 오랜만에 '서울 나들이도 할 겸 핑계 삼아 구경도 하고 와야겠다'라는 생각에 속으로는 들떴다. 딸애 면접은 나에게도 부담이었다. 격려라고 해 줄 수 있는 말은 "야! 떨지 말고 또박또박 대답해" 정도였고, "하고 싶은 말 하라고 하면 어떻게 할래?" 등등 수많은 예상 질문을 해 보았지만, 그것이 위로될 리가 없었다.

면접이 2시인데 혹시 늦을까 봐 일찍 나섰더니 도착 시간이 12시 30분이었다. 면접을 앞 둔 딸애를 데리고 시내 구경을 할 수도 없어서 근처의 음식점에 들어가 점심을 먹으면서 시간을 보냈다. 마침 그 식당에서도 여직원을 모집하는 모양이었다. 딸애 또래의 여자들이 너무도 예쁜 정장 차림으로 면접 시간에 맞추어 들어오고 호명하는 순서대로 자리에 앉아 기다리는 데 남의 일 같지가 않았다. 모두 입에 미소를 짓고 있었지만, 전체적인 표정은 모두 경직되어 있었다.

드디어 면접 시간. 딸애의 뒷모습에 떨어지더라도 실망하지 말

앉으면 하는 간절함을 실어 보냈다. 1시간이 흐르고 2시간이 흘러도 딸애의 모습은 나타나지 않았다. 좌불안석이란 단어가 실감 났다. 그래도 이때까지만 해도 참을 만했다. 3시간이 지나자 화가 나기 시작했다. 식당에서 혼자 기다리는 3시간. 많은 사람이 왔다가 갔다. 자릿값을 하기 위해 커피를 두 잔 더 시켰지만, 자격지심에 모든 사람이 나만 쳐다보는 것 같았다.

그 3시간 동안 식당에서도 일사불란하게 면접이 치러졌다. 그 식당의 매니저는 면접 보러 오는 사람들에게 '면접 시간이 몇 시였죠?'라고 똑같은 질문을 던졌다. 이곳 식당에서는 면접 볼 사람들에게 면접 시간을 사전에 통보한 모양이었다.

이런저런 생각을 하는 사이 시간은 또 흘렀고 시간은 오후 5시를 지나가고 있었다. 밖에는 눈이 펑펑 쏟아지기 시작했다. 에라, 모르겠다. 그곳을 나와 박물관을 돌아보았지만, 아이의 상황이 궁금하여 견딜 수가 없었다. 수많은 사람을 무턱 대고 불러서 집단 토론이라도 벌이는 것일까? 아니면 아직도 대기 상태인가? 더는 도저히 참을 수가 없어서 큰 딸에게 문자를 보냈다.

'뭐니? 아직 멀었어?'

'응 이제야 내 앞에 두 사람 남았어. 조금 전에 시작했어.'

이게 무슨 황당한 상황인가? 세상에나! 아이들이 아무리 취업에 목숨을 걸었다고 이런 취급까지 받은 건 있을 수 없는 일이다. 그것도 국립박물관이라는 곳에서 이런 일을 할 수 있다니 말이 안된다. 뛰어 들어가 '니들 뭐니?' 이건 동냥 온 것도 아니고 이런 취급할 권리가 있냐고 따지고 싶었다. 정말 화가 많이 났다.

30분이 더 지나고 나서야 딸애를 만났다. 박물관 횡포를 두고 내가 화를 많이 냈다. 딸애가 오히려 나를 위로했다. 그러니 더 속상했다.

우리 학교도 신규 교사를 채용할 때 면접할 시간을 정확하게 알려 주지만 그래도 일찍 오는 경우가 대부분이다. 면접자는 아무리 티를 내지 않으려 해도 그것 자체가 힘들고, 긴장된다. 경직된 모습이 역력해서 나는 그들에게 한 잔의 차를 꼭 권한다. 애써 말을 걸어 주기도 한다.

집으로 돌아오는 길에 우리처럼 작은 학교에서도 면접자를 배려하는데 나라에서 하는 박물관이 사람을 이런 식으로 대하다니, 계속 억울한 생각이 들어서 입안이 소태처럼 쓰기만 했다.

2010. 1월 초

그래도 다 먹고 살 수 있어!

이제 수능까지 43일 남았다.

3학년 담임을 자원하고 시작했을 때만 해도 아이들에게 점수라든지 생활 태도라든지 그런 것들이 내 마음대로 나의 잣대만큼 변해 줄 것으로 알았다.

그러나 나에게는 무슨 일이든 새 학기가 시작되면 예전의 생활을 잊어버리는 습성이 있는가 보다. 왜 그런 습성을 그때만 되면 잊어버리고 전쟁을 방불케 하는 학기를 두 번 맞이하면 깨닫게 되는 것일까?

오랜만에 하는 담임 생활은 신선한 맛이 있었다. 특히 여자아이들. 3학년 10반 32명은 악의는 별로 없고 선의가 훨씬 많았다. 그런 아이들과 생활하다 보니 즐거웠다. 둘째가 "엄마! 담임을 하고 나서 너무 즐거워하는 것 같아! 그렇게 재미있어?" 하면, 나는 "글쎄 애들이 정말 예쁘다"라고 답했다.

아이들의 깔깔거리는 웃음은 교실을 여기저기 굴러다니며 아이들을 툭툭 친다. 고3이라는 힘든 시절을 저렇게 해서 보내는 것도 나쁘지는 않은 것 같다. 때로는 철없는 것들이라고 쯧쯧거리지만 그래도 다 먹고 살 수 있다. 괜찮아.

그런데 43일을 앞둔 지금 나는 무용지물처럼 느껴진다. 내가 저 아이들에게 해 줄 수 있는 일이 무엇인지 알 수가 없다. 알 수 없는 것이 아니라 이미 내 능력 밖이라는 것을 알았다. 저 애들의 실력은 이미 몇 년 전부터 정해진 것이고 이제 버둥거린다 한들 너무 멀리 가버린 꿈, 잘하는 아이들의 뒤를 따라갈 수밖에 없어서 보기에도 안타깝다.

그래서 요즈음 아이들에게 '1분 1초가 아깝다'라는 뜻으로 '1분1초'를 외치고 다니면 내 앞에서는 시무룩해진다. 그러나 내가 뒤돌아서기만 하면 '까르르 까르르' 또 웃음이, 장난이 난무한다. 사물함 위에서 아슬아슬한 낮잠 자기. 사물함 밀고 그 뒤 바닥에 자리 깔고 편안하게 자기. 낮잠 자기의 종류를 어떻게 해서든 다양하게 만들려는 노력은 가상하다. 그래 잠시라도 그런 위로가 있으니 살아가겠지. 온종일 시무룩하게 있으면 어찌 살겠노?

그래도 열심히 공부는 하는데 잘 안 되는 것을 보면 가슴이 무겁고 속이 상해서 나까지 우울해진다. 저 아이들 보는 것이 힘들다.

사람이 이렇게 간사해서 학기 초에는 좋다고 하더니 요즈음 내가 아이들보다 더 힘이 드니까 다음부터는 3학년 담임 못 하겠다는 생각이 든다.

2010년 10월 5일

나에게 가장 편안한 옷은?

오랜만에 고3 담임을 맡게 되어 은근한 기대를 해 보았다. 그 기대라는 것이 지극히 속물이어서 현재의 성적에서 단 1등급이라도 더 올리도록 재촉하고 그 결과 최고의 대학에 몇 명이라도 더 합격시키고 싶었다. 그래야 담임으로서 성공한 것이라는 생각이다. 거기에 학생 본인의 의지와 맞는 학과일 경우에는 금상첨화가 되는 것이다.

그래서 많은 담임 교사는 진로 상담과 공부하는 방법 등을 조언하기 전에 꼭 짚고 넘어가는 한마디가 있다. 정말 유치한 질문 같기도 한 '넌 뭘 하고 싶니?'이다.

이 물음에 즉각적으로 튀어나오는 대답은 '엄마가 그러는데요 취업하기 쉬운 간호학과를 선택하는 게 좋대요'가 80% 이상이다. 나머지는 '글쎄요? 점수 나오는 거 봐서요'이다. 이 대답이 고3 학생들에게서 나오는 말이다. 성급한 일반화의 오류일 수 있으나 대부분 이렇다고 보아도 무방하다.

거의 매달 치르는 모의고사 결과가 나올 때마다 자료집을 동원해서 상담한다. 학생들에게 하는 질문과 답변은 늘 다람쥐 쳇바퀴 돌 듯 똑같다. 그렇다고 처음부터 길을 찾는 무리수를 둘 수도 없다. 당장 언·수·외가 다급한 아이들을 붙들고 진로 적성 검사를 운운하는 것은 아무 의미가 없다.

이제 수능을 마쳤다. 가채점 결과 성적이 우수하면 의대, 법대 그다음 성적은 대학교의 이름을 보고 그다음에는 성적에 끼워 맞춰서 대학을 선택한다. 정말 이러면 안 되는 일이다. 지금부터라도 원점에서 시작해서 수능 발표가 나기 전에 부지런히 학생들에게 진로 및 진학을 걱정하고 그들의 문제를 해결해야 하도록 지도해야 하는 것이 아닌가 한다.

학생들 신체는 어른 못지않게 성장하였고 정신적으로도 일정 수준 판단력을 바탕으로 바른 진로 문제 해결 능력과 바른 직업관을 지니고 있다. 부모님들은 그들의 의견을 존중하여 함께 생각할 때이다. 졸업생 중에는 자신의 수능 점수에 맞춰서 자신의 적성과 기질이 맞지 않는 학과를 선택하여 결국 대학 생활에 적응하지 못하고 재수나 반수를 선택하는 경우도 꽤 있다.

진정한 진로를 선택하기 위해서는 여러 가지 사항을 염두에 두고 진로 지도의 목표를 정확히 찾아야 한다.

1. 자신에 대한 이해

   • 자신을 아는 것(대인 관계, 가치관, 능력, 신체 조건, 환경, 성격, 적성, 흥미 등)

   • 자기의 처지를 아는 것

   • 새롭게 태어나는 것

   • 꿈을 가지고 있으면 많은 것이 보인다는 것.

2. 합리적 의사결정 능력

   • 내가 하는 방법이 올바른 것인지?

   – 앞으로 살아갈 사회가 어떻게 변화하는지?

3. 직업세계에 대한 이해

   • 직업 세계의 다양화 – 직업의 생성과 소멸

   • 학력보다 능력 우대 – 자격증 시대

   • 일의 세계화, 정보화, 전문화

   • 창의력과 적응력 요구 – 평생직장에서 평생 직업

   • 채용방식의 변화 –통합 채용에서 개별 수시 채용으로 인력 확보

   • 여성과 노인 인력의 비율 증가

   • 정규직보다 비정규직이 많아지는 현실에 대한 인식

- 감성 지향의 문화 산업
- 서비스 산업의 증가
- 직업 선택 기준의 변화

학교에서 보낸 12년의 총결산이 수능이 아니라 미래에 다가올 30~40년의 출발점에 서 있는 것이다. 이 시기에 학교와 가정에서 학생의 미래의 진로에 대해 좀 더 고민한다면 시험이 끝났다는 해방감에 자칫 사고와 탈선 때문에 살얼음을 디디는 듯한 불안감도 없애면서 두 마리의 토끼를 잡을 수 있지 않을까 한다.

고3의 수험생들은 이제 안방에서 대청으로 댓돌을 밟고 내려서서 마당을 지나 드디어 대문의 빗장을 올리고 대문을 열어야 한다. 지금까지 학업에 대해 '베스트 원'이 되기 위해 노력했다면 지금부터는 '온리 원'이 되는 방법을 찾아보아야 한다.

대문 너머의 세상이 온통 빛나는 햇살로만 채워져 있을 것 같은 부푼 기대를 하고 있다. 쏟아져 들어오는 빛의 색깔을 자신의 프리즘으로 자신만이 지닐 수 있는 색을 가질 수 있었으면 하는 바람이다.

2010년 늦은 가을에 어느 신문사에 실은 기고문

출가 시키기 위한 일 중 하나

OOO의 부모님께 드립니다.

안녕하십니까?

보내주신 OO군의 사주단자는 잘 받았습니다.

아드님을 저희 집의 사위가 되도록 허락해 주셔서 감사합니다.

이제 큰딸이 저희의 둥지에서 나가 새로운 둥지를 마련하려고 합니다. 이렇게 아이들의 인연이 사돈지간이라는 큰 관계를 만들어주면서 식구가 늘어나는 것이 정말로 기쁜 일이라 생각합니다.

9월 마지막 토요일. 상견례 자리에 마주 앉기 전까지 가정생활의 주인공이 저희 부부라고 생각을 하면서 여식을 그저 자식으로서 품 안에서 키워왔습니다. 그런데 그날 저희 부부는 저희가 뒤로 멀리 떨어져 나가야 한다는 슬픔이나 섭섭함보다 이제 이 아이들이 부부가 되어 한 가정을 이루면서 새로운 주인공이 된다는 것에 기쁨이 배가 되었습니다.

저희 집안의 첫 아이로서 자랑스럽지는 않더라도 부끄럽지 않은 여식으로 키우려고 애썼습니다만 들보는 보지 못한 채 손톱의 가시만 보았던 것은 아닌가 하여 적이 걱정됩니다.

아이의 부족함을 종종 걱정했지만 그것이 제 부모이기에 섭섭하지 않았을 것이고 크게 고치려고 애쓰지 않았던 것 같습니다.

그러나 이제 한 집안의 며느리로서 첫걸음을 내딛는 역할을 너무 쉽게 생각해서도 안 되고, 너무 어렵게 생활해서도 안 되는 중용의 자세를 저의 경험을 통해 일러는 주었습니다. 다만 그러한 얘기들이 자기 일로 받아들이는 데는 앞으로 많은 시간이 필요할 텐데 그 일을 부탁드리려니 송구하기만 합니다.

이제 결혼의 날이 정해졌고 부족하지만 OO군을 **와 같이 사랑하고 사위로서 대접하면서 늘 한결같은 마음이 되도록 노력하겠습니다.

마지막으로 OO군을 사위로 맞이할 수 있어서 정말 기쁩니다.

2011년 10월 22일 ** 부모 올림

세월이 어느새 훌쩍

어느 날 문득 그렇게 높아만 보이던 눈앞의 산이 자신도 알지 못하는 사이에 없어진 것 같아 뒤돌아보니 어느새 내 등 뒤에 높은 봉우리가 있었다. 언제 생겼는지 언제 넘어왔는지도 몰랐는데.

삶의 고개 반대편 쪽 내리막길 중반에 서 있다는 걸 깨닫게 되었을 때 허무감보다는 나의 딸들도 똑같은 길을 가겠지라는 생각이 먼저 들었다. 이 상황에서도 이 생각이 왜 들었을까.

그토록 자식에 집착하는 이유는 무엇일까. 제대로 살았나 하는 생각이 들었기 때문이겠지.

아이 둘을 키우면서 늘 하던 말은 '엄마 말 좀 들어!'였다. 딸애들이 서른이 넘도록 아직도 하는 말이다. 이제 아이가 엄마가 되고 나는 나의 엄마처럼 되고 그렇게 흘러가는 세월의 한 장이 기록되는 것이겠지. 그 기록이 제대로 되길 바란다.

높은 봉우리를 확인해 보고 싶어도 뒤를 돌아보기에는 지금의 위치가 위태로워 보인다. 잘못 헛디디면 밑으로 그냥 주르르 미끄러질지도 모른다. 정신 바짝 차리고 발에 힘을 주고 될 수 있으면 천천히 시선은 주변을 떠나지 않도록 주의해야 한다. 그래서 나이를 먹으면 멀리 보지 못하는 것일까? 그 이유에서일까? 아니면 내 속에 잠재해 있던 소심한 성격 때문인지도 모르겠다.

이 내리막이 다 끝날 때까지 천천히 내려가면 가벼운 몸 상태가 될 것이라 믿고 가보자. 범사에 감사하며 살자.

우리가 내려가면 다음 세대들이 그 오르막에 새롭게 서 있겠지.

2014년 가을에

기억 속의 선생님

이제 내 나이 60. 참 오래 살아왔다. 근데 그게 길게 느껴지고 더 버틸 수 없었다면 생을 마감했겠지. 그래서 많은 사람이 힘이 들면 스스로 종지부를 찍나 보다.

은근히 3년 후의 정년이란 생각이 깔려 있어서인지 지금을 누려야 하지 않냐라는 생각이 든다. 그때 가면 지금이 얼마나 아름답고 고마웠던 시기였다는 걸 느끼고 돌이키고 싶을지도 모른다. 하루하루가 힘이 들어도 다시 가지 못할 날이기에 정말 행복하게 보내야 하는 게 아닌가 싶기도 하다.

음악회에 가는 것도 즐거운 일 중 하나이다. 테너 박세원은 한때 우리나라 최고의 성악가였다. 그분의 막내 제자로 작은 사위가 음악회에 참여하게 되었다. 장소는 예당 콘서트홀에 있는 IBK챔버홀이었다. 규모가 작은 듯하지만 마음으로는 크게 느껴지는 장소였다. 그랜드 피아노 한 대가 중앙에서 벗어나 왼편에 놓여 있었다.

스승을 위한 제자들의 헌정 음악회. 그 단어만으로도 듣는 사람은 뿌듯하고 벅차오른다. 사제지간이란 단어는 나와 아주 밀접한 단어여서 더욱더 남다르게 다가온다.

막내 시동생 부부, 큰딸 부부 그리고 작은딸, 우리 부부, 언니네, 이렇게 대식구가 나들이하였다. 연주회가 끝나고 돌아가면서 그 많은 사람들은 자신의 선생님 중 어떤 분을 생각했을까?

25년이라는 짧지 않은 시간 동안에 나를 기억할 제자가 과연 얼마나 있을까 하는 생각이 들면서 '부럽다'라는 생각이 들었다. 나에게도 가끔 생각나는 선생님이 계셨던 것처럼 나도 누군가의 스승일 수도 있겠다고 위로했다.

故 김기만 선생님의 상갓집에서 한 졸업생이 나에게 와서 인사를 하였다. 내가 수업을 했던 아이들은 세월이 지나 어디서 만나든 통성명을 하고 그 당시의 사소한 일이라도 이야기를 주고받으면 생각이 난다. 그런데 전혀 생각이 나지 않았다. 기억이 잘 안나는데 어쩌니?

그 아이는 당황하지 않고 "저는 보충수업 한 번만 들었습니다"라고 했다. 그때 그 수업 시간에 미래를 대비해야 한다는 내용이 자기의 맘속에서 크게 자리를 잡았고 그 시간 이후 자신의 삶이 달라져 상급학교에 대한 진학을 꿈꾸었고 실천에 옮겨 지금은 잘 살고 있다고 감사의 말을 전했다. 그때 정말 감사했다고.

교사가 되었을 때 첫 번째로 생각했던 것이 있었다. 반드시 해야 할 말은, 잔소리가 될지언정 늘 입에 달고 살자. 그래서 먼 훗날 비록 한 아이의 맘속에 자리 잡혀 있어서 그것이 소용되고 기억에 남으면 성공한 교사라는 것을.

그래 난 성공했어.

2014년 9월 20일(토)

그때 그 차가운 손

나도 고등학교 학생이던 시절이 있었다.

나를 지금 태원고의 교사로 있게 하신 고3 담임이셨던 민영환 선생님. 아마 고인이 되셨을지도 모르겠다.

해마다 달라지는 아이들의 모습을 보면 내가 늙어가고 있다는 것이 증명되기라도 하는 것처럼 세대 간 차이는 점점 벌어지는 것 같다. 이해할 수 없는 것도 많지만 그들과 공감하려면 적당한 선에서 타협해야 하기 때문에 변하는 아이들의 모습을 그대로 받아들이는 경우도 있다.

공교육이 무너지고 있다는 소리를 교직 생활 내내 들었으니 30년도 더 넘는다. 야금야금 무너지다가 최후에는 어떻게 될지 궁금하다. 수능이 끝나면 아이들은 학교를 오지 않는다.

수능 후 파행적 수업을 정상으로 돌리려는 학교의 노력으로 2~3년 동안 여름방학을 줄이고 수능 이후의 일정을 앞당겨서 진행해 보았으나 방학을 쉬지 못한 아이들은 지쳐 있었고 그 기간에도 예체능 아이들은 아랑곳없이 학원을 선택했다. 근래에 들어 4교시 끝나는 타종이 치면 그때 등교해서 중식만 먹고 다시 학교를 나가는 아이들의 숫자가 과거에 비해 엄청나게 늘어났다. 밥만 먹고 가도 출석일로 잡히니까. 평상시에도 이러니 더더욱 수능 후 교사가 제재할 무기는 하나도 없다. 특단의 방법은 나오지 않을 것이다.

수능 후 수업하러 들어간 교사들도 딱히 할 게 없다. 아이들 역시 마찬가지다. 교실에 들어가면 학생들은 모두 한 가지에 집중해 있다. 게임, 영화, 카카오톡, 잠자기, 이런 것들로. 이 시점에서 무엇으로 흥미를 줄 것인가. 이럴 때는 개인적인 신상 발언 외에 교과서적인 이야기를 한다면 흥미는커녕 아이들에게 야유나 받거나 무시당할 것이 뻔하다.

제대로 듣지 않는 이야기일망정 얘기하고 또 얘기하는 것은 나의 경험이 바탕이 되었기 때문이다. 나 역시 그런 잔소리들은 들으려 하지 않았고 듣고 싶지 않았었는데 듣고 있었던 모양이다.

살아오는 동안 잔소리로 여겼던 어른들의 말씀이 머릿속에 간직되어 있었다. 그런데 그것들이 살아가면서 새록새록 헤집고 나와 소용이 되어 도움이 되기도 했다. 그때마다 당황스럽기도 했다. 오늘은 개인 신상 발언에 해당하는 나의 은사님의 이야기를 해 주어야겠다.

지금과 달리 70년대는 예비고사가 있었다. 점수대별로 대학교를 정하고 본고사를 치르게 되었는데 담임 선생님의 말을 듣지 않고 '가정' 교사가 되겠다고 여대에 원서를 접수했으나 낙방하고 말았다. 자신만만한 선택이어서 실망도 컸다. 그 시대는 모두에게 어려운 시대였다. 밑으로 남동생이 둘이나 있어서 재수는 엄두도 내지 못했다. 후기에 지원하는 방법밖에 없었다.

그때 담임선생님으로부터 전화가 왔다. 비록 일류 대학은 아니지만 네가 졸업할 때쯤이면 괜찮을 것이라고 위로하면서 한 대학을 추천해 주었고, 여자들만이 선택하는 학과보다는 자신의 전공이셨던 국어 선생님의 길을 추천해 주셨다. 낙담하고 있던 나에게, 너를 위해 이미 접수했다며 시험 당일 대학교 정문에서 만나자고 하시던 선생님. 지금 같으면 상상도 할 수 없는 일이지만 그때니까 가능했다.

전화를 끊고 밤새 내내 고민을 했다. 정말 그 대학교에 가야 하는지. 나에게 그 전공이 맞는 것인지.

다음 날 아침 엄마 손에 끌려 정문 앞에 도착하니 선생님은 벌써 와 계셨다. 제2지망은 한문교육과로 정했다고 하셨다. 향후 그 학과도 교사의 길로 들어서는 것이 쉬울 것이라는 말도 덧붙이며 수험표를 넘겨주시는 손은 한겨울이라 몹시 차가웠다. 그때 그 원망스럽던 차가운 손이 지금의 나를 있게 했다. 지금 생각해보면 그 당시 나는 추운 겨울날 그 먼 길에, 새벽에 일어나셔서 제자를 기다리시던 선생님의 마음을 전혀 헤아리지 못했다.

명예가 높은 것도 아니고 더욱이 권력을 쥔 것도 아니지만, 그저 평범한 교사로 살아가기에 부족함 없고 그런 생활에 만족할 때마다 그 선생님을 떠올리게 된다.

졸업 후에 몇 년 반짝 찾아뵌 이후 마음속에만 담아 둔 선생님. 어쩌다 방배동을 지나다 학교가 보이면 잠깐 들를까 생각만 했다. 지금은 함자만 기억하고 있지만, 나의 멘토이셨던 선생님.

감사합니다.

제자 선생님

"응, 채린아. 전화했었네."

"네, 선생님…"

"아주 좋은 일이거나, 아주 힘든 일이거나 둘 중의 하나일 텐데 아마 아주 힘든 일이 있나 보다."

"네. 너무 힘들어요."

이렇게 시작된 제자와의 통화는 '맛있는 고기 먹고 힘내게 우리 만나자'로 끝이 났다.

내용인즉슨, 학교 업무를 경감시켜 준 거 맞느냐면서 일이 너무 많다는 것이었다. 온갖 일을 다 해야 하는 신설 초등학교의 새내기 교사. 남에게 꿀리지 않고 무능력하다는 소리를 듣기 싫어 너무 열심히 하다 보니 이제는 지친다는 꼬마 선생님. 첫 월급을 탔다고 편지 속에 오만 원권 새 지폐를 넣어 주던 제자. 기특하다. 나처럼 되고 싶다고 했었지.

나도 그렇게 원하던 교사가 되었을 때 세상을 모두 얻은 것 같았다. 겁날 것이 없었다. 그러나 녹녹한 일은 없었다. 초년병 교사 시절 선생님의 역할이 너무 힘들었다는 것을 알게 되었다.

　교사가 되어 수학여행 인솔자가 되면 얼마나 좋겠냐는 생각을 했었다. 예전만 해도 학생들과 교사들의 대우는 하늘과 땅 차이였다. 교사가 되고 보니 정말 그랬다. 편안한 숙소. 끝없이 쏟아져 들어오는 음식들은 상다리가 부러진다는 말을 실감할 정도였으니까. 상황은 내가 고대하던 그대로였다.

　그런데 그것들이 달갑지 않았다. 그 이유는 새내기 3년 차에게 고등학교 2학년의 제자. 겨우 7~8년 정도의 나이 차를 극복하려면 나에게 무기가 있어야 했다. 내가 선택한 것은 엄격함이었다. 그것이 교실에서는 잘 먹혔는데 수학여행이라는 낯선 곳에서는 뜻대로 되질 않았다. 고삐 풀린 망아지가 따로 없었다. 여학생들끼리의 사소한 말싸움, 흡연, 따라오지 않는 아이들의 인솔 등등. 신경 쓸 것들이 한둘이 아니었다. 온 신경이 곤두섰다. 친정엄마의 '훈장의 똥은 개도 안 먹는다'는 말이 어찌나 생각나던지.

　아~~~! 선생님들은 편안한 곳에서 맛있는 것만 먹고 좋겠다는 생각은 잘못된 것이었구나. 선생님이 이렇게 힘든 일을 하는지 몰랐다고 한탄을 해대면서 나를 포함한 동료들은 제대로 먹지도 못했던 기억이 난다.

지금도 외부 활동은 늘 긴장의 끈을 놓지 못하는 게 현실이다. 세월호 이후 더욱 민감해졌다.

채린아.

겉으로 보이는 것들이 전부는 아니었듯이 너도 이제 교사의 길에 들어섰으니 조금씩 보일 거야. 학생 수는 줄어들고 해야 하는 일은 그대로이고 현장에서 우리들은 너무 힘들지만, 아이들을 보면서 위로받고 그런단다. 아이들 하나하나를 볼 때 내 동생, 나의 조카라고 생각하면 그리 많이 힘들지는 않을 거야.

일 년이 지나면 정든 아이들을 보내야 하는 아쉬움이 있지만 새로운 아이들에게서 희망을 찾을 수 있다는 기대감으로 한 해 한 해를 보내다 보면 지겹지 않고 즐거워진단다. 이 생각이 내가 살아온 길이고 지혜로운 방법일 것 같다.

친정엄마가 치매에 걸리셨는데 증세가 점점 심해지시면서 먼 과거의 기억을 쏟아내시기 시작하셨다. 93년 동안의 기억 중 소학교 교사로 계셨던 시절에 아이들과의 기억을 점점 많이 이야기 하시는 걸 보면서 교사란 직업은 가치 있는 일인가 보다 생각하고 있다. 열심히 해 봐.

새 식구 맞이

올해도 벌써 두 번째 세 번째 계절이 지나가고 있다.

어제는 큰딸 네, 작은딸 네 그리고 엄마까지 7명의 식구가 저녁을 먹었다. 일요일이라 교회를 다녀오면서 엄마를 모시고 왔다. 선뜻 오신다니 의아했다.

엄마를 바느질하는 방으로 모시고 가서 태어날 아기의 기저귀 만든 걸 보여주니 하나하나 지적을 하신다. 과거의 기억에는 아직도 총기가 배어 있었다.

천 기저귀의 감침질이 너무 촘촘하다. 이러면 누워있는 아기 엉덩이에 배긴다. 그러니 기저귀를 접을 때도 두 솔기가 겹치지 않게 해야 하고 가운데는 도톰하게 접어야 한다며 직접 보여주시는 손길에 정성과 세월이 겹쳐진다.

기저귀 천 푸서 부분의 감침질은 깊고 성글게 해야 하는데 얕게 촘촘히 하는 것이 아니었네. 그걸 자랑삼기 위해 엄마를 모셔온 것이었는데

아~~~~어찌할 것인가. 그랬었구나. 아직 이 나이에도 모르는 것 투성이구나.

엄마에게 아직 더 배워야 하는 것들이 있나 보다.

새로운 생명이 태어나길 기다리면서 준비하는 물건들을 보니 35년 전의 일이 새록새록 새롭다.

2014년 가을에.

축복의 새 식구

큰딸이 임신성 당뇨로 힘들어 했는데 그 시간이 서서히 마감될 시기가 다가온다.

큰딸은 임신 초기 입덧을 벗어나 먹을 수 있게 될 무렵 임신성 당뇨 판정을 받았다. 이 증세는 아기가 거대아로 태어나고 자라면서 당뇨에 걸릴 확률이 매우 높단다. 그러니 모든 것이 산모의 책임인 것이다.

먹을 수 있는 식자재가 별로 없다. 저울로 일일이 계량해야 한다. 열심히 지키는 것까지도 괜찮았는데 하루에 세 번 혈당 수치를 재기 위해 손가락 끝을 찔러 피를 내는 일은 더 고역이다. 몇 달을 하다 보니 손가락 끝에 상처가 나고 염증이 생기고 여간 힘든 일이 아니다. 그걸 보면서 당뇨라는 것이 결코 쉬운 병이 아니라는 것을 느낄 수 있었다.

출산일에서 하루만 지나도 아기의 몸무게는 쑥쑥 늘어나 낳기가 어려워지니 예정일 즈음해서 입원을 하고 촉진제를 맞고 그래도 출산이 어려우면 제왕절개를 해야 하는 것이 출산의 순서라고 한다. 웬만하면 순산이 좋은데….

토요일에 결정했다. 일요일에 입원, 월요일에 낳을 예정이란다.

수업이 끝나고 병원에 가 보니 조금 전에 무통 주사를 맞아 이제는 안 아프다고 한다. 그때가 오후 5시경. 낳으려면 아직 한참 있어야 할 것 같아 치과에 가서 치료받고 정자동에 가서 물리치료 받는 도중 큰사위로부터 문자가 왔다. 아기를 낳았다고. 아니 그렇게 빨리?

나중에 지인들에게 이 이야기를 했더니 친정 엄마가 아무리 그래도 그렇지 자기 볼일을 보러 다니면 되겠냐는 소리를 여러 곳에서 들었다. 이상하게도 둘째 딸의 고등학교 졸업식도 그랬는데 큰딸의 출산일에도 똑같은 상황이 벌어졌다.

남편과 시간을 정하여 같이 병원에 도착하니 사돈도 오셨네. 36년 만에 보는 신생아. 이제 우리는 조부모가 되었다. 큰딸을 낳고 엄마, 아빠라는 소리가 쑥스러웠었는데 할머니, 할아버지 소리는 쉽게 느껴진다. 이건 뭘까?

아기는 건강하게 태어났다. 언젠가 친구 정숙이가 하던 얘기가 생각난다. 내가 아기를 낳을 때보다 딸의 출산 때에 더 많은 걱정이 생긴다고. '혹시나' 하는 걱정이 '휴우!'라는 안심으로 돌아서기에는 280일이 걸렸다. 그렇게 퇴원을 하고 산후조리원으로 산모와 아기는 갔다.

출가를 시키고 아이가 생기지 않자 내심 많은 걱정이 생겼으나 입 밖으로 낼 수 없는 게 요즘 부모가 하는 '자식 눈치 보기'이다. 나 역시 예외는 아니니 기다리는 수밖에. 그런데 휴직하고 산부인과를 다니겠다는 말에 고맙기도 했다. 그 과정이 만만치 않다는 걸 동료 교사들을 보면서 알고 있어서 걱정도 함께 생겨났다. 시술을 통해 아이를 낳는 경우를 종종 보았고. 거기에는 많은 몸 고생과 돈 고생이 따라야 하는 것도 알고 있었다.

첫 번째 단계에서 실패 원인이 저체중인 것 같다는 의사의 말에 체중을 불리기 위해 노력을 하였다. 두 번째에도 실패하면 어쩌나라는 불안감은 제곱에 제곱만큼 커졌다.

본인들이 내뱉는 '안 되면 그냥 살지 뭐' 하는 말에 '그래 무자식이 상팔자란 말도 있잖아'라고 했다. '엄마! 아무리 그래도 그렇지. 자식이니까 그런 말 들어주는 거야. 어디 가서 그런 말 하지 마. 누군들 아이를 갖고 싶지 않겠어. 나도 아이를 갖고 싶어'라고 타이르듯 말한다. 그래 내 생각이 모자랐네. 미안하다. 위로라고 한 말이 너의 가슴에 비수가 되었구나.

그렇게 두 번째 단계를 기다리던 중 기쁨과 축복으로 온 아이였다. 하나님이 주신 선물이다.

2014년 12월

시인이 되자

책장을 정리하다 보니 '문학세계'로 등단했던 동료 교사의 시집이 보였다.

처음 그 시집을 받았을 때는 왜 이렇게 시가 어렵냐고 했지만, 다시 한 장 한 장 넘기다 보니 잃었던 무엇인가가 움직이기 시작했다. 바쁘다는 핑계로 한 편의 시도 읽지 못하고 보낼 뻔했던 이 가을에 생활의 활력소가 되길 내심 기다린다.

최고의 단풍은 급랭하는 기온, 적당한 습기, 자외선의 양이 결정짓는다고 한다. 올 도심지 속의 단풍은 여느 때와는 달리 선명도가 많이 떨어지는 감이 있다.

서울 공항 쪽으로 가다 보면 만나게 되는 귀빈로의 느티나무는 은행나무나 단풍나무처럼 한 가지 색으로 물들지 않고 여러 가지의 색깔을 발산한다. 도대체 몇 가지의 색으로 마지막 단장을 하는 것인지 셀 수 없을 정도이다. 설악산의 단풍과 내장산의 비경에 비할 바는 못 된다고 하더라도 바쁜 일상에 쫓겨 하늘 한 번 올려다보지 못하고, 시야 앞의 맹산 자락의 단풍을 의식하지 못해도 가을날 그 길은 누구에게든지 탄성을 자아내게 한다.

여느 해보다 덜하다 하더라도 초록의 지겨움을 대신하기에는 충분하다. 그래서 서정주 님은 '초록이 지쳐 단풍 드는데…'라고 했나보다.

이 같은 자연의 변화 앞에서 걸음을 잠시 멈추고 같이 호흡해보자.

과거에는 노랗게 물든 은행잎을 주워 가느다란 펜촉으로 까만 잉크를 찍어 가장 마음에 드는 명언이나 시구를 써넣기 위해 책이나 시집을 이리저리 뒤지던 때가 있었다. 빨간 단풍잎은 잎사귀의 뾰족한 끝부분이 바스러져 나갈까 봐 귀중한 보물 다루듯 했다. 가을을 느끼며 친구들과 교정에 떨어진 많은 낙엽 속에서 가장 크고, 화사한 색을 지닌 잎은 책갈피를 만들어 이성 친구에게 건네주기도 했다. 이때에는 한용운의 '행인과 나그네', '찬송'이 제격이었다.

그때가 생각나 중앙공원에 나가 보았다. 마침 육칠 세 가량 돼 보이는 여아가 엄마와 함께 낙엽을 줍고 있었다. 아이는 나무를 올려다보며 '어젯밤에 누가 나무에 올라가서 색칠했나?' 라고 중얼거렸다. 문득 저것이 바로 시심(詩心)이라는 생각이 들었다. 책갈피를 만들던 그때와 마찬가지로.

그래도 초등학교에서는 계절에 맞는 자연 소재를 가져오도록 해서 동시를 짓게 한다. 상급 학교로 갈수록 정서 함양과는 거리가 멀어지는 것이 아닌가 생각된다. 시집보다는 수험 자료집과 씨름하고, 수시모집에 온 정열을 쏟으며, 교실에서는 수능 때문에 긴장감이 고조돼 살얼음판이 된다.

정보화 시대라 하여 모든 학생이 정보를 누리면서 마치 존재하는 모든 정보가 자신의 것이 된 듯 착각을 하고 있다. 필요하면 언제든지 클릭 한 번으로 해결할 수 있게 되었기 때문이다. 자기소개서를 도와주다 보면 학원 선생님의 손길이 100% 느껴진다. 혼자 해결하려는 노력은 보이지 않는다. 여러 경험을 통해 지식이 쌓이고 그것이 또 다른 창조의 생각을 불러오는 것인데 전혀 그렇게 하려 하지 않는다.

입학 사정관들은 정서를 함양하고 창조적 능력을 배양하는 올바른 인성을 지닌 인재를 뽑겠다고 하지만 우리 아이들은 그런 목소리와는 달리 게임에서 현란한 손가락 기술을 뽐내고 있으며 24시간 이어폰으로 흘러들어오는 음악 소리에 영혼을 털려가고 있다.

앙상한 나무가 되기 전에 교실을 벗어나 한번쯤 시인이 되도록 강요 아닌 강요를 해 보자. 그래서 더 찾을 수 없는 지경이 되기 전에 사라져가는 시심의 일부라도 잡아 주자. 비록 단순한 글귀이지만 '은행잎은 노랗고, 단풍잎은 붉다'라고 중얼거리게 한다면 좋겠다.

11월의 첫날. 1일은 시의 날이란다.
최남선의 '해에게서 소년에게'라는 시가 발표되어서 그렇단다. 그런 날이 있다는 것도 알고 그랬으니 잊지 말고 아름다운 이 계절에 꼭 시 한 편을.

오경옥 외할머니와 제사

외할머니는 큰딸 아이의 일회용 기저귀를 보실 때마다 너희는 좋겠다. 이렇게 좋은 세상을 살고 있으니! 라는 말씀을 하시곤 했다.

그 당시 일회용 기저귀란 아기가 오줌을 싸면 그대로 버려야 하는 그저 말 그대로 일회만 쓸 수밖에 없었다. 속의 재질이 지금과 달리 젖으면 뭉쳐서 옆으로 새어 버렸기 때문이다. 외출 시 헝겊 기저귀를 대신하기에는 많이 부족했지만 무겁고 젖은 것을 가지고 있어야 하는 번거로움을 대신하기에는 그런대로 쓸 만하였다. 그것이 그 당시에는 부유함의 상징처럼 여겨지던 시대였다. 한번 쓰고 버리는 일회용 물품이 전무후무한 시절이었으니까.

마침 미국인과 결혼하여 미국에서 살던 친구가 친정을 찾아왔고 그 아이를 만난 후 그 일회용이 부끄러워졌다. 1982년 그 친구는 팬티형 기저귀를 소지하고 있었다. 그때 '아~~~'하는 탄성에 내가 외할머니로 빙의된 줄 알았다.

96년의 긴 세월. 외할머니의 주민등록증에는 1893년으로 적혀 있었다. 그 숫자만으로도 나에게는 조선 시대의 역사책을 보는 것과 다름없는 할머니, 당신이 하는 그런 말씀은 어쩌면 당연하다고 생각했다.

어느 해 초여름 때쯤 꿈에 나타나셨고 그다음 해에도 영락없이 당신의 모습을 보여주셨다. 무슨 일일까? 엄마에게 '얼마 전에 할머니가 꿈에 나타났어'라는 말을 꺼내자마자, 엄마는 돌아가신 때가 그쯤이라 하셨고 '젯밥을 얻어먹지 못해 그런가 보지!'라고 화가 섞인 말투에 짜증까지 섞여 있었다. 정말 저승에 가서서 식사를 제대로 못 하신 걸까? 나는 어떻게 해야 하나? 나는 제사를 지낼 군번도 아니고 자격은 더더욱 없는데도 뒤가 찜찜하다.

외할머니와 외손녀. 글쎄 별로 특별한 관계도 아니지만 내가 외삼촌 댁과 가까운 곳에서 살게 되면서 외할머니는 외증손녀를 보기 위해 노구를 이끌고 가락시영아파트, 그 후 이사한 반도아파트로 종종 찾아주셨다.

출근하려고 막 현관문을 나서려는데 그 아침에 전화벨이 울렸다. 큰언니였다.

"외할머니가 오늘 새벽에 돌아가셨대."

"응, 그렇구나. 언니 나 출근했다가 올게. 기다려."

운전석에 앉아 새벽에 꾸었던 꿈을 돌이켜 보았다.

우리는 주택으로 이사하기로 했다. 큰 트럭에 짐을 싣고 남편은 조수석에 나는 그 옆에 앉았고 도착한 집은 이층집. 집 앞의 신작로는 언덕 위로 길게 뻗어 뒷산까지 연결되어 있었다. 먼저 도착한 할머니에게 우리 집이 생겼다고 자랑을 하는 중이었는데 외할머니는 그 길 위로 자꾸 올라가기만 하셨다. 나는 소리를 질렀지.

"할머니 어디가? 여기가 우리 집이라니까."

허우적거리며 달려가도 가까이 갈 수가 없었다.

뒤도 돌아보지 않는 외할머니를 애타게 불렀다.

'할머니'

'할...머...니'

'하아 ㄹ ㄹ ㄹ…'

어찌나 꿈이 생생하던지 잠에서 깨었는데도 입속의 혀는 'ㄹ'음을 내던 위치 그대로였다.

내가 좋다던 할머니께서는 이 세상에서 마지막 인사를 외손녀와 나누고 그렇게 먼 길을 가셨다.

그런 외할머니도 내가 어렸을 때는 친손자를 무척 좋아하셨지. 큰외삼촌은 강릉 안인의 화력발전소 건설 현장에 근무하기 위해 외할머니와 큰아들을 우리 집 뒤채에 남겨두고 떠났다. 외할머니는 '아들 집에서 살면 앉아서 밥상을 받지만 딸 집에서는 서서 받는다는데'라는 말을 입에 달고 사셨다. 아들과 딸을 정확하게 선을 그어 구분하려는 의도였다. 그 시대를 거쳐 온 사람이라면 누구도 이의를 제기하는 사람은 없을 것이다. 그러나 이제 당신 아들의 부재로 손자와 단둘이 우리 집에서 살게 된 할머니는 인생에 있어서 자존심에 최대 위기를 맞게 되었다.

철없던 나는 외할머니께 살아온 이야기를 듣는 게 국사책보다 훨씬 재미있었다. 두 세기에 걸쳐 살아온 삶은 치열하고도 어려웠지만, 그 이야기가 생생해서 신기하고도 재미있었다. 그 재미의 대가는 학교까지 걸어서 등하교하며 아껴둔 버스표 몇 장으로 땅콩사탕을 사다 드리는 것이었다.

그런 딸을 보며 엄마는 또 한소리를 하신다. '옛날에 추운 겨울 어느 할머니가 눈길을 가는데 친손자는 등에 업고 외손자는 걸리면서, 업고 있는 친손자의 발이 시릴까 두 손으로 감싸고 간다더라'. 별 볼 일 없는 딸의 딸이 행하는 효에 대해서 노골적으로 불만을 표시했다.

일 년에 한 번 엄마의 말이 가슴에 와닿을 때가 있다. 외할아버지의 제삿날이었다. 젯밥에 눈독을 들인 나는 상 위에 올린 것 중에서 노른자가 보일 듯 말듯하게 깎아 놓은 달걀과 머리 꼿꼿이 세우고 게슴츠레한 눈을 가진 닭의 모습만이 동공에 가득했다. 그 제사가 기다려지는 이유는 당연히 닭고기 한 점이나 달걀 한 알이라도 얻어 먹으려는 것이었다. 졸다 깨다를 대여섯 번 반복하면서도 잠을 참았다. 그 기다림의 대가는 겨우 닭 날개와 삶은 달걀 한 개였지만 그날 닭의 그 비린내를 맡을 수 있는 것만으로도 행복했었다.

그렇게 제사가 끝나면 닭의 사지는 갈기갈기 찢겨 나와 낡은 양은 쟁반을 가득 채운다. 입안에 침이 고이기 시작해서 더 이상 참지 못할 지경이 되어서야 외손녀에게 돌아오는 몫은 날개와 목뼈가 전부였다. 통통하게 살이 오른 닭다리가 당신의 친손자에게 가는 것이었고 그 시절에는 그것이 당연하다고 여겼다.

그때 외할머니께서 주시던 날개는 남자에게 먹이면 바람을 피운다고, 목은 딸에게 먹이면 고운 목소리를 가진다 했다. 할머니의 그 넓으신 아량의 대가로 겨우 먹을 수 있는 그 고깃덩이. 그래도 목에 넘길 수 있다는 것 하나만으로 위로가 되던 시절이었다. 그걸 보는 엄마는 화가 많이 나셨을 것이다. 외손녀라는 이유 하나 때문에.

제사를 지낼 때마다 아버지는 천주교식의 제사를 못마땅하게 여겼다. 왜 제사 때마다 천국의 문을 열어 달라고 성경 구절을 읽는 것인지, 그리고 아직도 거기를 못 가셨다면 문제가 있는 거라며 언짢아하시기도 했다.

지금 외할머니의 제사는 누가 지낼까. 외삼촌도 안 계시니 제일 큰 친손자, 곧 닭 다리의 주인공 큰손자는 미국에서 사니 배신 아닌 배신을 하게 되어 안 되고, 그의 동생은? 그 애는 어느 회사 외국 지사에서 근무한다고 하고, 막내는 그 일을 감당할 의무는 없으니 안 한다는 소문이 귀에 한 번 들렸다. 안 될 것 같다. 그렇게 세월은 가는 것이지.

배가 고프신 나의 외할머니. 이제는 포기하셨나 보다. 통 꿈에서 뵐 수가 없다.

서울로 돌아오신 외삼촌은 집을 장만하여 외할머니를 모시고 떠났다. 그 후 외할아버지의 제사를 지내기 위해 엄마는 동생인 외삼촌 댁을 한 번도 빼지 않고 가는 것 같았다. 그것을 기억하는 이유가 있다. 엄마는 친정 부모의 제사에 갈 때는 반드시 딸이 젯밥에 쓰이는 쌀을 가져가야 한다고 했다. 훗날 당신 아들의 경제적 여건이 걱정되어 그런 말을 미리 해 놓은 건 아니었을까?

엄마!

세월이 너무 많이 흘렀어. 엄마처럼 쌀을 가지고 갈 동생의 집 대신 나는 아버지가 있는 납골당을 들여다보는 일만 할 수밖에 없어. 지난번에 갔을 때 4살쯤 된 아이를 데리고 온 젊은 부부는 제단 위에 은박지에 싸인 김밥 두 줄을 올려놓고 제사를 지내던데 그 광경에 '참 그렇다'라고 발길을 돌렸지만 그것도 못 하는 나를 탓했어. 우리 모두 흐르면서 변하는 시간에 우리의 관습도 변해갈 수밖에 없는걸.

꿈속에서

외할머니는 2남 2녀 자손을 두셨다. 큰엄마. 엄마, 큰삼촌, 작은삼촌 이렇게.

이북식 호칭은 친가와 외가의 구분을 두지 않았다. 엄마, 아버지보다 위 서열이면 모두 큰아버지, 큰엄마. 아래 서열이면 잔아버지, 자느만. 그래서 우리는 이모를 큰엄마, 이모부를 큰아버지. 외삼촌을 큰삼춘, 작은삼춘, 외숙모을 자느만이라고 불렀다. 자느만은 작은 엄마라는 호칭을 줄여서 부른 평안도 말이었다.

당신의 고향은 진남포시라고 하셨다. 지금은 남포시라고 불리는 곳이다. 그곳에서 삶은 1·4후퇴까지였다. 근현대사 교과서에서나 볼 수 있는 그 시절 이야기.

외할아버지는 한학을 공부하신 후 시의원을 지내셨고 외할머니는 공부를 못하셔서 늘 외할아버지로부터 무식하다는 말을 많이 들었다고 했다. 그래서 숫자와 한글을 독학으로 깨우치고 늘 신문을 읽으셨다. 아는 것도 많으셨다.

가락시영아파트는 나의 첫 집이었다. 외할머니는 송파에서 살고 계셨다. 우리 집에 오신 할머니는 이 아파트가 시영이냐? 민영이냐? 물으시더니 시에서 지었으니 튼튼하겠구나 하셨다. 그곳에서 일 년을 살다 옮긴 반도아파트(1984년)를 보시더니 민영이라 엘리베이터도 있고 시설이 좋구나 하셨다.

외할머니는 당신의 4남매 집을 여행 삼아 다니셨다. 우리 집에 오시면 늘 이불을 돌돌 말아서 요겸 이불로 만들어 고치 속 애벌레 모양으로 주무셨다. 할머니는 우리에게 간섭하지 말라고 이렇게 자도 괜찮으니 그냥 놔두라고 하셨다. 그런 할머니에게 엄마는 이럴 거면 오지 말라고 하셨지만 아랑곳하지 않으시고 며칠이고 그렇게 지냈다. 그런 할머니를 보며 나는 엄마에게 엄마는 늙으면 할머니처럼 하지 말라고 했지만 외할머니와 다를 바 없이 행동하고 있는 엄마. 종종 큰딸 집에 갔다가 나오는 나의 뒷모습을 그려보면서 나도 그 엄마의 그 딸임이 분명했다.

외할머니가 돌아가신 후 꿈속에서 보았는데 하늘색 한복을 보자기에 싸서 고칠 곳이 많으니 손을 보겠다고 하셨지. 하늘색 옷

은 죽음을 상징한다던데. 큰 외삼촌이 돌아가셨다. 아마 큰외삼촌
의 옷이 었나 보다. 참 고운 옷이었는데. 뒤를 이어 작은 삼촌까지
고인이 되셨다.

올해 초 독일을 가면서 엄마가 돌아가실 수도 있다는 생각은 꿈
에도 하지 않고 비행기 올랐다. 언니는 '혹시 엄마가 돌아가시면
쟤네들이 다 돌아올 수 있을까'라는 생각을 했다지.

독일에서 어떤 트램(시가 전차)은 도착지에 따라 뒷부분을 잘
라 버리고 앞부분만 가는 경우가 있기 때문에 잘 보고 타야 한다
고 했다. 꿈을 꾸었는데 우리 모두 그런 기차를 타고 있었다. 큰엄
마는 너무 곱게 화장을 하고 있었고, 엄마는 늘 보던 모습 그대로
여서 큰엄마와 너무 대조적이었다. 꿈에서도 엄마의 초라한 모습
이 싫었다. '엄마, 큰엄마처럼 예쁘게 하고 있어'라고 했지만 대
답은 없었고 당신들이 타고 있던 기차는 떨어져 나가 다른 곳으로
갔다. 우리는 손을 흔들며 나중에 모두 만나니까 그때 다시 만나
요라며 헤어졌다.

그날 큰엄마가 돌아가셨다. 아마 큰엄마는 예쁜 모습으로 천국
엘 가셨나 보다. 외할머니의 혈육은 우리 엄마 혼자만 남았다.

2017년 3월

유년의 나

1955년 음력 9월 11일 生 이름 김향숙(金香淑).

평생 내 이름이 예쁘다거나 괜찮다고 생각해 본 적은 한 번도 없었다. 내 이름이구나, 라면서도 좀 더 예쁜 이름이기를 원했다. 그 당시에도 예쁜 이름은 있었던 것 같았다. 그렇게 평생을 살면서 바꾸고 싶다는 생각만 여러 차례 했을 뿐 실행에 옮기지 못했다. 그냥 그렇게 지내온 것이다. 지금 생각해보니 뭐가 예쁜 이름일까? 숙희, 명숙, 정숙, 은희, 기리, 인생, 영숙, 정희. 친구의 이름을 불러 봐도 나와 크게 다르지 않다.

일제 강점기를 살아온 부모님의 기억 속에는 당연히 이름에 子. 淑 이런 것이 들어 있었고 그것이 아무렇지도 않았다. 매화가 필 때 여서 梅子, 남쪽으로 피난 내려와서 南淑. 좀은 그냥 아무 글자로 만 만했던 것은 아닐까. 이렇게 그냥 네 번째 딸로 태어난 것이다.

엄마는 세 번의 경험 끝에 자궁의 착상 부위가 다르지 않음을 알게 되자 나를 지우려 수없이 산부인과를 찾았으나 보호자와 동행해야 한다는 의사의 말에, 아버지는 동의하지 않았고 나는 그 덕분에 세상을 나왔다고 했다. 그래서인지 나는 고등학교를 다닐 때 까지 늘 아프고 골골거려서 그 이유가 뱃속에서 나를 혹사해서 늘 이렇게 아픈 게 아니냐고 엄마에게 따져 묻기도 했다. 그렇지 않고서야 늘 기운 부족에 시달려야 했을 이유가 없으니 말이다.

서울특별시 성동구 약수동 432-526.

이게 내가 국민학교 6학년 때까지 살았던 곳의 현주소이고 결혼 전까지 나의 본적(本籍)이었다.

1·4후퇴 때 부산으로 피난 나오신 부모님과 외가의 식구들. 엄마는 1924년생. 감히 우리는 상상조차 안 되는 시기에 바나나 말린 것과 귤을 먹어 보았다 했다. 진남포의 시의원이었던 외할아버지의 권력 때문이었나 보다. '혹시?'가 아니라 분명 나의 외가는 친일파인 것 같다.

어릴 적 나는 그림 속 바나나를 보았을 뿐 맛과 향을 가늠할 수가 없었다. 과연 무슨 맛일까? 상상의 끝에서도 알 수 없는 맛. 지금 느끼는 달콤함, 향기로움과는 아무튼 사뭇 달랐던 것 같다. 국민학교 6학년 때 '수' 분단에 앉은 아이가 가져온 바나나를 본 것이 첫 대면이었으니까. 엄청 부러웠다. 아이들 말에 따르면 향긋하고 달다고 그러는데. 정말 먹고 싶었다. 바나나가 수입되어 마트에 지천으로 깔릴 때까지 나의 갈증은 사라지지 않았다. 그래서 원수를 갚듯 먹고 또 먹었다.

1962년 장충국민학교 1학년 9반. 기억이 새롭다.

운동장에 반별로 퍼질러 앉아 땅바닥에 온갖 낙서를 하면서 오전반이 끝나기를 기다리는 우리에게 옆 반의 아이들이 구더기 반이라며 놀린 덕분에 아직도 그 기억이 남아 있다. 우리는 베이비붐 시대에 있었다. 내가 거기에 속하고 싶다고 들어가는 것도 아니고 나오고 싶다고 나올 수도 없는 1955년 이후의 우리를 싸잡아서 하는 말이었다. 아이들이 많다 보니 2부제나 3부제 수업을 했던 것 같다. 그래서 아침반이 끝나서 그 교실이 비워지면 그리로 가서 수업을 받았고 우리가 나오면 다른 아이들이 들어가 공부를 했다.

중학교는 중학교 입시를 통과해야 입학할 수 있는 '선지원 후시험' 제도였다. 국민학교에서는 이름 있는 학교를 만들기 위해 자리 배석을 성적순으로 나누어 교실 중앙에 위치한 교탁과 동일 선상에 위치한 분단을 '수' 분단. 그 왼쪽을 '우' 분단, 그 오른쪽을 '미' 분단, 그렇게 '양' 분단, '가' 분단으로 이름을 붙이고 거기에 아이들을 앉혔다. 선생님들은 중앙만 바라보고 수업을 하였고 양, 가의 아이들에게는 관심조차 없었다.

지금으로서는 상상조차 할 수 없는 인권 유린이라고 해도 과언이 아니다. 나는 운이 좋으면 '우' 분단 끝에, 하지만 대부분 '미' 분단에 앉았다. 나중에 생각해보니 '수' 분단 아이들은 모두 경기중학교나 이화여중을, 그렇게 숙명, 진명, 배화, 무학, 동덕 순으로 차례차례 성적순대로 중학교에 갔다. 나는 동덕여중으로 진학을 했다.

그때 공부의 중요함을 알았거나 조금 더 일찍 철이 들었더라면 나의 인생은 바뀌었을까? '수' 분단의 아이들은 지금 어디서 무엇이 되어 살고 있을까? 나처럼 열심히 살고 있겠지. 그래 행복은 성적순이 아니랬지. 맞는 말이다. 돈이 많으면 좋겠지만 많지 않아도 행복할 수 있어. 그래서 나에게 칭찬을 아끼지 말고 칭찬해 줘야겠다.

시한부를 떠올리며

시한부라는 단어는 어느 곳에라도 적용할 수 있다는 생각이 문득 들었다. 나와 '태원'과 관계는 이제 일 년 반. 이게 바로 시한부라는 것.

과거의 생활을 반추하자니 너무 오래전의 이야기들은 기억 속에서 소멸한 것 같다. 뇌 속의 해마 어디엔가 들어 있을지도 몰라 꺼내려고 애를 써 봐도 역부족이다. 어떤 기억이 필요한 것인지도 확실하지 않으니 더더욱 힘이 든다.

어제저녁에 마신 커피 한 잔 속에 든 소량의 카페인 때문에 밤새도록 잠과 씨름하면서 새벽녘에 겨우 잠이 들고 아침 6시의 알람에 일어나지 못하고 두 번째 알람에 겨우 몸을 일으킬 때 몸무게가 천근만근 무게로 다가올 때의 힘듦처럼 과거의 추억이 아름답다고 해도 그저 과거에 있는 것이니 찾으려 애쓰지 말고 버리

자. 미래에는 희망이 있어서 즐거운 것이라고 하지만 그것 또한 확실하지 않다. 나는 그저 닥치는 대로 현재에 충실해지려 한다.

오늘은 1학기 동아리 마지막 날이다. 작년에는 '실과 바늘'이라는 동아리를 만들어 아이들에게 바느질을 가르쳐 주기 위해 최선을 다했지만 실제로 의상디자인 학과를 가겠다는 아이들마저도 의무감으로 시간을 때웠을 뿐 재미있게 집중하는 모습은 보기 힘들었다. 그런 상황에서 구태여 내가 이렇게 최선을 다하는 것이 무슨 의미가 있을까 싶었다.

그래서 올해는 '사자성어 반'이라는 이름 아래 17명의 아이는 자습을 하고 있다. 그래도 3시간 동안 양심상 1개의 한자성어는 기꺼이 해결해주는 아이들이 있어 어렵지 않다. 늘 많은 것을 기대하는 것이 무리라는 것을 알지만 망각의 동물이어서인지 늘 반복이 된다.

퇴직이 얼마 남지 않은 2015년 7월 동아리가 있던 수요일에

감사, 감사, 감사

이사장님께.

날씨가 너무 춥습니다. 올해는 눈도 많다는데 이번 겨울을 건강하게 지내셨으면 합니다. 늘 감사한 마음을 표현하고 싶었는데 한해 한 해 보내다 보니 게으름이 많아서인지 제대로 전하지 못했음을 너그러우신 마음으로 이해해 주세요. 이사장님과 함께한 세월이 벌써 27년이 지나 처음 뵙던 날이 너무 먼 옛날처럼 느껴집니다.

초등학교 때부터 줄곧 선생님이 꿈이었습니다. 당시 시대적 상황에 따라 결혼과 함께 교직을 떠난 적이 있었습니다. 결코 자의가 아닌 순전히 타의에 의한 포기였습니다. 결혼생활을 하면서도 교직에 대한 희망의 끈을 한순간도 놓은 적은 없었습니다. 신앙생활을 하면서 늘 기도를 드렸습니다.

**이와 저의 큰 여식이 같은 나이여서 알게 되고 가족처럼 같이 지내게 되었습니다. 그 인연이 고리가 되었고 이사장님의 부름이 있어서 1990년 3월에 이곳에 오게 되었습니다. 교사가 될 수 있다는 기쁨은 온 세상을 얻은 것 같았습니다. 제 나이가 36살이었습니다. 당시로써는 매우 많은 나이였는데 저를 채용해 주셔서 정말 꿈만 같았습니다. 그 은혜는 꼭 갚아야 한다는 생각으로 지금까지 열심히 생활해 왔다고 자부하고 싶지만, 분명히 부족함이 곳곳에 있었을 것입니다.

　　선생님이라는 직업이 자랑스러웠습니다. 27년간 저는 그 자랑스러움을 뿌리 삼아 살았고 많은 제자를 사랑할 수 있었습니다.

　　이사장님께 감사한 마음은 한시도 잊은 적이 없었습니다. 이제 1년밖에 남지 않았습니다. 남은 기간 평교사로 교장, 교감, 부장 선생님들을 도와 최선을 다하겠습니다.

2016년 겨울의 초입에서

같지만 닮아져서

3학년이 소풍을 간다.

소풍이라는 단어에는 향수가 있다. 아직도 遠足이라는 감성이 남아있다. 나에게는 소풍이라는 단어가 그렇다.

반 단위로 모여 자신을 뽐내고 단체로 모여 또 한 번 장기자랑을 하며 하루를 보낸다. 반 전체가 원을 그려 도시락을 꺼내 자랑하며 밥을 먹는다.

그러나 지금은 목적지에 입장하자마자 단체 사진 한 방을 찍고 흩어져서 놀이기구를 즐긴다. '현장체험학습활동'이라는 이름으로 행사가 진행된다.

재작년 세월호 사건 이후 학교 현장에서는 안전이 최우선으로 작용한다. 작년부터는 그 체험장에서 아이들이 다 나갈 때까지 현장을 지켜야 하고 반 아이들이 집에 제대로 도착했는지 자기 집 앞에서 인증사진으로 담임교사에게 메시지를 보내야 일과가 끝난다. 참 밋밋하기가 짝이 없다.

2016년 5월 13일(금)

뇌물, 선물, 마음

동료 교사는 어제 반 아이들을 데리고 사랑의 학교에 봉사활동을 하러갔다. 2학년 모든 반이 차례로 돌아가면서 수요일 오후를 담임교사와 함께 장애인들과 반나절을 보내고 오는 활동이다. 그것을 기특하게 여기셨던지 어느 학부모님께서 김밥을 보내셨는데 아이들이 먹고 담임선생님은 소위 김영란법 때문에 나머지 김밥을 쓰레기통에 버릴 수밖에 없다고 했다.

멀쩡해서 먹을 수 있는 것을 음식물 쓰레기로 버려야 하는 현실이 안타깝다. 우리 교사들이 뭘 그리 많이 잘못했나보다. 아이들이 들고 다니는 과자 봉투에 손을 넣어 한 개 꺼내 먹으며 같이 웃고 떠들며 '다음엔 내가 살게' 하며 주고받던 살가움은 이제 뇌물 공여라는 가공할 무기가 되었다. 자판기 커피 한 잔, 박카스 한 병. 이것조차도 그 무거운 죄명에 눌려 압사해 버렸다.

30년 전 스승의 날에 동덕여고에서는 좀 색다른 노래를 불렀다.

'세종날을 스승의 날 삼았습니다. 오늘 하루만이라도 걱정 안 끼쳐 기쁘게 해드리자 우리 선생님'

기억이 가물거리고 허옇게 바래서 교가는 기억할 수 없지만 아직도 그 노래의 한 소절이 뚜렷하게 입속에서 리듬과 음정까지 정확하게 뱅뱅거리는 것을 보면 내가 교사라는 직업을 가져서 일지도 모른다.

스승의 날은 사연도 많아 없앴다가 만들었다가를 반복하다가 체험학습의 날로 만들어 교문을 굳게 걸어 잠근 모습을 시시각각으로 TV 뉴스로 보여 주기도 했다.

선물. 선물을 받으면 그 순간은 누구든 좋을 것이다. 뇌물의 성격을 띠지만 않는다면.

대학 졸업 후 발령이 나지 않아 전전긍긍하던 시절에 친구 오라버니가 교장으로 있다는 학교로 가기 위해 난생처음 집을 떠나 시외버스를 탔다. 일러준 대로 이력서를 가슴에 품고 차부에 도착해 택시를 타고 가다 보니 차 밑바닥에서 탕탕거리는 소리와 함께 발바닥에 울림이 전해 왔다. 비포장도로라서 그런 걸 처음 알았다.

교사로 처음 부임했던 곳. 부여읍 용강리의 용강중학교. 10여 년 전 그곳을 찾았을 때는 김덕수사물놀이패 전수관이라는 간판을 달고 있었는데 지금도 그러지는 잘 모르겠다.

작은 운동장, 낡았지만 단아한 건물 한 채. 운동장을 둘러싼 수목들은 세월의 무게만큼 엄청난 초록을 뿜어내고 있었다. 구령대는 사라지고 없었다.

그때 그곳은 '깡촌'이라 불릴 정도로 시골이었다. 누에농사와 논농사 그리고 딸기 농사가 전부였다. 학교에 오면 농사일을 하지 않을 수 있다는 단순한 이유로 학교가 즐거웠던 아이들. 기한을 넘겨 밀린 납부금 독촉을 걱정해야 하는 나에게 늦어지는 사연을 당당하게 말해오던 아이들. 누에가 3번 잠을 잤으니 조금만 기다려달라고. 당시에는 무슨 뜻인지 몰랐지만, 분명히 그 일은 얼마 뒤에는 돈으로 된다는 것을 알았다.

서울뜨기여서 생소한 단어에 기가 죽기도 했지만. 초보를 벗어나지 못한 병아리 교사 두 달째 되던 날 스승의 날이 되었다. 내심 기대하지 않았다면 그것은 거짓말이다.

선물을 들고 온 어머님들의 한결같은 바람이 나는 가난하지만, 자식들을 가르쳐야 한다는 사명감이 마음 깊이 자리하고 있다는 것을 알게 되었다. 양은대야에 딸기를 이고 온 엄마는 '선생님, 이 거 드세유' 하고 함지 째 머리에서 내려놓는다. 어~ 어~하는 사이에 어머님들께서 서로 뭔가를 교탁에 올려놓으셨는데 김밥 한

줄 그 외에는 무엇을 받았는지 정확한 기억은 없지만 주로 집에 있는 먹을거리였던 것 같다. 동리에서 조금은 여유 있었던 약국집 엄마는 박카스 한 상자였다.

이런 상황에 당황한 한 엄마는 '아이구 나는 암 것도 없는디 어쩌유' 하시면서 긴치마를 걷어 올리고 고쟁이 속 주머니에서 포장이 꼬깃꼬깃한 껌 한 개를 꺼내 놓으시며 '난 이거밖에 없는디...' 했다. 당황스럽기도 하고 이것을 받아야 하나 말아야 하나 어찌할 바를 몰라 쩔쩔맸던 새내기 교사.

난 아직도 그 껌의 이름이 '롯데 스피어민트'임을 기억한다. 그 껌을 한동안 책상 위에 올려놓고 씹지 못했다. 그 껌을 볼 때마다 엄마의 거친 손 사이에서 곱고 부드러운 마음이 보였다.

아이들에 대한 염려, 장래 문제, 생활고 등등 어른들의 말씀이 아직 나이 어린 나의 가슴으로 모두 품어드릴 수는 없었지만 마음은 충분히 이해되었다. 뭐라도 한 개 주고 싶었던 마음. 내가 그것을 받고 그 자녀를 잘 보살펴 달라는 의미였다면 그렇게는 하지 않으셨겠지. 그저 내 자식을 돌봐주는 선생님이기에 뭔가 하나를 주고 싶으셨던 것이었겠지. 거기에 어찌 뇌물을 운운할 수 있겠는가.

그 마음은 따뜻해서 아직 고이 간직하고 있다.

2016년 가을에

반푼이

늘 긴장 속에서 명절은 다가온다. 아니지. 명절이 있어서 긴장이 나를 꽁꽁 묶는 거다. 재작년까지만 해도 일주일 전부터 매뉴얼을 보고 또 보고 그러면서 스스로 완벽함에 만족했었다. 이번 추석 명절은 해방이다. 긴 여행을 떠날 것이다. 가족에게 짐을 떠맡기고. 주부 사표를 냈다.

선생님들끼리 적금을 부어 여행 한번 다녀오자는 약속을 하면서 시작된 자동이체. 돈이 인출되었다는 메시지가 뜰 때마다 살짝살짝 부양하는 내 맘은 적금이 끝날 때까지 계속되었다. 아마 이런 기분으로 복권을 사는가 보다. 그런데 기간이 만료되었는데도 우리는 장소와 시기를 정하지 못했다.

선생님들의 여행 시기는 사회에서는 성수기여서 각자 친구들과 여행이 쉽지 않다. 한두 번 정도는 모르겠으나 우리 입장에서는 비싼 돈을 내가며 친구들과의 우정을 쌓기에는 여러모로 미안함이 더 크다. 그래서 우리 교사들끼리는 괜찮아하며 시작된 것이었다.

그해 겨울방학은 W 선생님 딸아이의 대입시험이 있어서 못 갔고 다음 해 여름방학에는 그 아이가 재수해서 갈 수가 없었다. 이런저런 이유로 미루다 보니 작년도 그냥 지나갔고, 개교기념일과 추석이 맞물린 새 학년이 되자마자 여행사에 예약했다. 드디어 5명이 함께 간다.

이번에도 아니다. 또 W 선생님 집에 갑자기 일이 생겨 못 가게 되었다. 모두 함께한다는 것은 결코 쉬운 일은 아니다.

나도 36년 동안 지내온 차례를 버리고 놀러 간다는 것이 찜찜하기는 하였지만 다양한 이유를 붙여 스스로 위로하고 싶었다. 왜냐하면 그동안 열심히 충성했으니까. 너희들끼리 한번 해 봐야 나의 입장도 이해될 게 아니냐는 심보가 발동을 했다. 믿는 구석이 하나 있었다. 둘째 딸과 사위.

A4용지에 추석 전날 할 일, 추석날 할 일 등등 꼼꼼히 적어 주었다. 죽이 되든 밥이 되든 어떻게 되겠지. 이 없으면 잇몸으로 산다고 했으니. 남편에게는 큰 숙제와 추석 지내기를 맡기고 그렇게 떠났다. 큰 숙제의 키워드는 내년부터 추석 차례 대신할 일.

추석 전전날이 아버님 생신인데 그날 길이 막힌다고 찾아뵙지도 않는 것이 못내 아쉬웠기 때문에 모두 한자리에 모여 생신을 축하드리는 게 도리라고 생각되었다. 예전에 집안에 아픈 사람이 있으면 차례나 제사는 안 지낸다고 했다. 아마 아픈 사람을 잘 간호하라는 뜻에서 그런 얘기가 나온 것이겠지. 어머님이 누워 계신 지도 오래되었고 공주로 이사 가신 이후로 자식들이 한꺼번에 모여 생신을 한 적도 없었다. 모이는 것이 무엇이 중요하겠는가마는 그래도 부모의 생신날인데 그래야 하지 않겠는가. 그러려면 어느 것 하나를 포기해야 하는데 그것이 추석 차례 대신할 일.

추석날 동생들이 모인 자리에서 남편은 화두를 던졌고, 일단 동서들은 추석날 차례 지내지 않는 것에 한 표를 던졌다고 한다.

그렇게 해서 얻은 추석날의 휴가는 올해부터 시작되었다. 너무 한가할 것 같은 휴식이 열흘 동안이나 주어진다.

당연히 아버님 먼저 찾아뵙고 나머지 날은 이리 빈둥빈둥 저리 빈둥빈둥 하며 보내야겠지만 추석을 보내고 독일로 돌아갈 딸에게 하나라도 해서 먹이고 싶은 어미의 마음에서 만두피와 녹두, 생도라지, 생더덕을 샀다. 차례를 지내지 않을 뿐 음식 준비는 똑같았다. 몸은 힘들었지만 헐렁했던 뇌가 가득 차는 느낌이 들어 마음은 가벼웠다. 맞다. 하던 짓은 늘 해야 하는가 보다.

우리 집의 자랑거리 음식은 빈대떡이다. 어느 때 먹어도, 오랜만에 먹어 보아도 늘 맛있다. 참 참 참 맛있다. 내가 해 놓고도 즐거운 걸 보면 반푼이 같기도 하지만 괜히 자랑스럽다. 나는 지금껏 우리 집 이외의 것에서 그런 맛을 보지 못했다. 그러나 손길이 많이 가는 것 같아 만들기가 쉽지 않다. 그래서 가끔 동대문시장의 유명하다는 빈대떡을 사 먹으러 가기도 하지만 그때마다 후회한다. 다음에는 꼭 집에서 해야 겠다고.

길고 긴 휴가 기간동안 TV의 수요미식회에서는 북한 음식에 관한 특집을 보여준다. 만두, 빈대떡, 냉면. '그래그래. 맞아!'하면서도 우리 엄마가 해주던 방식과 아주 다르다는 것이 보인다. 집마다 각양의 방법으로 음식을 해내니 어떤 것이 정석인 것은 없을 것이지만 그래도 우리 집의 것이 아직도 최고이다. 아직 큰언니네의 만두나 빈대떡보다는 2% 부족하지만.

2017년 긴 추석 연휴를 보내고

자꾸 저으면 삭는다

큰언니 시집가던 날. 뒷마당에 연탄 화로를 3개쯤 피워 놓고 여자 어른들은 돼지기름을 뽑아냈다. 프라이팬에서 녹는 돼지기름 냄새는 담장을 타고 넘어 멀리까지 퍼진다. 이 냄새는 우리 집에 잔치가 있음을 동네에 알리게 되는 것이다. 느끼하지만 내장까지 진동케 하는 고소함은 고깃집 앞에서 숯불에 타는 고기 냄새만 맡고 있어도 거짓 배부름이 오는 것처럼 빈대떡 속의 돼지비계가 입속에 들어 있는 듯한 착각을 하게 된다. 정작 불 앞에서 기름을 짜내고 있는 어른들은 느글거림을 참기 위해 찬물을 한 사발씩 들이켜고 있었지만 온 식구가 빈대떡을 맛있게 먹을 수 있다는 인내심으로 참아내는 것이었겠다.

비계에서 녹아내린 기름을 한 숟가락씩 떠서 큰 그릇에 모아놓는다. 이제 단단해진 기름으로 지져 내면 된다.

프라이팬에서 비계의 기름을 95%쯤만 뽑아낸다. 그렇게 기름이 뽑힌 비계의 최후는 버려지는 것이 아니다. 많지 않은 그 비계를 모아서 빈대떡 하나에 한 개씩을 넣어 주었다. 재료 속의 돼지고기와는 사뭇 다른 질감을 보여준다. 빈대떡의 모든 재료가 부드럽지만 얘만 단단한 질감을 맛보게 해 준다. 처음 씹었을 때는 단단해서 질긴 것 같아도 한번 씹고 나면 거기에 아직도 남아있던 5%의 돼지기름이 '찍'하고 튀어나와 고소함을 더해 준다. 그런 돌출의 맛은 보너스이다.

김치를 잘게 썰어 꽉 짜고, 김치가 모자라면 채 친 무와 배추를 삶아서 물기를 없앤 후 넣어준다. 고사리도 너무도 단순한 속 재료다. 너무 많은 것들을 넣으면 안 된다. 녹두의 맛을 해칠 수도 있으니.

어제 아침에 망(맷돌의 평안도 말)에 녹두 거피를 하고, 물에 불렸던 녹두는 여러 번 씻으면 녹말이 없어진다면서 두어 번만 씻는다. 적당한 물과 적당히 불린 녹두는 또다시 망에 의해 갈린다. 위짝과 아래짝 사이에서 나오는 연한 액체는 비릿한 녹두 냄새를 풍겨낸다.

어린 우리는 망 사이사이에 박힌 통곡 녹두를 뾰족한 나뭇가지로 쑤셔내는 일을 한다. 어른들은 거추장스러워하며 저리 가라고 밀쳐 내지만 뽑히는 그 시원함의 유혹은 또다시 우리를 망 앞으로 가게 만든다.

적절한 농도로 맞추어져 갈린 녹두에 재료를 넣고 버무린다. 한 국자씩 퍼서 지져 내기 시작하면 그때부터 재료에서는 물기가 자꾸 생겨난다. 국자로 다시 섞어 놓으면 원상태로 될 것 같았다. 그래서 휘휘 저어 놓는 것이 도움이 될 것 같아 자꾸 반복한다. 엄마는 '그렇게 자꾸 저으면 삭는다. 젓지 마라.'하신다. 그 이유가 무엇인지는 나중에 알게 되었다. 전분이 많은 녹두는 자꾸 저으면 전분이 삭아서 흐트러져서 제대로 모양을 잡아 지져내기가 쉽지 않고 맛도 훨씬 떨어지기 때문이었다.

망 대신에 믹서가 있고, 거피된 녹두가 마트에 있고 너무도 편한 세상에서 나는 살고 있다.

2017 추석 후

엄마에게 해 주고 싶은 음식

퇴직 일자가 정말 얼마 남지 않았다. 일 년 전쯤에 느꼈던 초조함보다 이제는 쉴 수 있다는 기대감이 커진다. 스스로 위로하고 감내하기 위한 적자생존의 방법이 나에게도 예외는 아닌가 한다. 한때 퇴직 후 어떻게 해야 올바른 삶이 될 것인가를 열심히 생각했다. 교사 특유의 사명감이 나의 인생에도 녹아 들었었나 보다. 꼭 해야 하는 숙제처럼.

배움에 대한 갈망이 있었나?

공부는 싫다.

해외여행은 어떨까?

글쎄? 다녀 본 곳은 많지 않지만 대개 거기서 거기라는 생각과 그걸 본다고 삶이 뭐 그렇게 윤택해지는 것 같지도 않은 것 같다.

유럽의 중세의 모습 속에서, 그들만의 리그를 벌이고 있을 때 우리의 조상들은 초가집에 짚신으로 살아가고 있었다는 쓸데없는 생각에 미치게 되면서 금수저 조상을 둔 그들과 흙수저 조상을 둔 나를 비교하자 신경질이 난다. 그래도 좋은 점을 찾자면 화려한 기억을 가질 수 있다는 것이겠지. 여기도 가보고 저런 곳도 가 보았다는 것이 중요한 사람도 있겠지만 난 그렇지도 않은 것 같다. 그럼 도대체 퇴직 이후의 생활을 어떻게 해야 할까?

염세주의자도 아니고 더더욱 비관주의자도 아닌데 무엇을 배운다 하더라도 어디에 써먹을 곳이 마땅히 없다. 자기만족이라도 하라는데 그래서 요즘 민화와 캘리그래피를 배우고 있지만, 그 역시 쓸 데가 없다. 무엇을 하고 지낼 것이 없다.

추석에 모인 딸들이 몇 개의 글을 읽고 난 후 외할아버지와 외할머니 그리고 친할머니와 친할아버지에 대한 기억을 쏟아 놓기 시작했다.

친할아버지와 저녁 식사

양평에서 사실 때 친할아버지는 늘 마실을 다니셨는데 특히 저녁 식사 때만 되면 집에 안 계셨다. 우리에게 할아버지를 찾아오라는 할머니의 명령에 온 동네를 찾아 헤맸다.

친할머니의 맥주.

친할머니는 원체 땀이 많으신 분이시다. 장 보따리를 내려놓자마자 냉장고에서 캔 맥주를 꺼내 쉼도 없이 한 번에 마신다. 시원해 보였다.

외할아버지의 단팥빵

아침 7에 일어나시면 우선 머리를 빗으신다. 그리고 녹차를 마신다. 한때 커피를 꼭 드셨지만, 당뇨 판정을 받으신 후에 바꾸셨다. 8시에 식사. 10시에 단팥빵.

외할머니는 뭐가 있지?

뭐가 있을까?

나도 딱히 생각나는 게 없다.

아버지와 같이 드시던 단팥빵을 사다 드렸는데 2~3일이 지나도 그대로 있었다. 그 이유를 여쭤보니 아버지가 원체 팥을 좋아하셔서 따라 먹었던 것이지 당신은 원래 싫어했다고 하셨다. 이제야 엄마가 좋아한다고 생각했던 것들이 모두 아버지가 좋아한 것들이었다는 것이 미안하고 죄스러웠다.

'뭘 좋아하시지?' 아무리 생각 해봐도 생각이 나지 않는다. 궁여지책으로 생각해 낸 것이 떡의 일종이면서 간식 대용으로 먹던 '노티'라는 것을 생각해 냈다. 예전에도 엄마와 함께 얘기했었다. 그때도 한 번 시도해 보려고 인터넷을 뒤졌을 때 황석영의 〈노티를 꼭 한 점만 먹고 싶구나〉라는 수필집이 있다는 것을 알게 되었고 그때만 해도 총기가 있으셨던 엄마는 재료들을 정확히 기억하고 계셨었는데. 기장쌀, 밀로 만든 길기미, 참기름이 있어야 한다는 것은 전에 들어서 알고 있었다. 기장쌀을 어디서 구하며 밀로 만든 길기미는 어디서 구할 것인가라는 생각에 포기했었다. 시간이 없다는 이유를 핑곗거리로 만들기에 좋았다.

'엄마, 노티 생각나?'

'어떻게 만들어?'

'우리 엄마한테 물어봐야 알지'

치매를 앓고 계신 우리 엄마다운 대답이었다. 어떻게 만드는 건지 알아보고 해 봐야겠다. 인터넷을 찾아보니 간식의 일종이라면서 지금의 재료에 맞게 만드는 법이 잘 나와 있다. 이제 퇴직 후 나의 할 일을 찾았다. 엄마가 좋아하시는 음식을 찾아서 하나하나 해 드려야겠다. 얼마 전 민화를 배우기 시작하면서 문자도 중 '孝'글자를 완성할 때 강사는 말했다. 자식들 방에 붙여 두고 보게 하라고. 내 침대 위에 걸어야 겠다.

2017년 10월

뜨거워서 싫어

가끔 남편은 상갓집에 다녀와서는 한마디씩 내던지곤 한다.

"상주가 딸 하나라 보기에 참 안됐더군."

마치 두 딸을 키우는 나에게 책임을 물으려는 의도는 아니겠지만 기분이 불쾌하다. 또 이런 이야기가 나올 때마다 자신의 사후가 걱정돼서 저러는가 싶어, '죽은 사람이 알기는 뭘 알아. 산 사람들의 생각일 뿐이지'하면서 짜증이 섞인 목소리가 된다.

결혼한 지 얼마 되지 않아 시어머님은 나에게 종종 말씀하셨다.

"애야, 나는 부처를 믿지만 화장은 시키지 마라. 너무 뜨거울 것 같다."

그 당시는 아흔이 넘으신 외할머니도 생존해 계시던 때라 이제 50대 중반이신 어머님의 말을 귀담아듣지 않았다. 火葬이라는 단어는 생소했고 경제적으로 어려움을 겪는 사람들이 하는 것이라는 생각이 지배적이었으므로 나에게도 예외는 아니었다. 그런데 몇 년 전 불교계의 대단한 분이셨던 성철스님께서 입적하셨다. 다비식이 생중계되면서 불교인들이 행하는 엄숙한 모습에 전 국민의 애도는 극에 달했다. 나 역시 화면으로 들어가 애도의 자리에 서 있는 듯했다.

큰언니는 수지 지역이 막 개발될 때 이사를 했다. 공기가 좋다는 것을 위로 삼고, 아파트 단지 앞에 있는 산에 오를 수 있다는 것을 두 번째로 자랑삼았다. 그런데 인적이 뜸한 곳은 무섭다고 했다. 무서운 이유의 하나가 산 정상에 있는 커다란 묘지 때문이었다.

하루는 같이 산에 오르게 되었다. 묘의 크기나 상석, 석물로 미루어 보건데 심상치 않은 신분의 사람이었을 것이다. 그런데 가장 치명적인 무서움은 묘지가 아니라 묘지 한가운데를 뚫고 서 있는 한 아름이 넘는 소나무였다. 한 시대를 풍미했던 사람이었을 텐데. 삼족이 멸하는 죄를 지었었나?

한낱 선남선녀로 살아가는 우리 죽음의 미래는 과연 어떤 모습일까? 의미 없는 육신을 땅에 묻고 세월을 비와 바람에 내맡기고 평지로 만들어 버린 후 누군가의 손길이 닿은 들 무엇이 위로되겠는가? 차라리 한 줌의 가루를 택하는 편이 나을 것 같다. 땅도 좁은 나라에서.

아침에 출근하면 커피 한 잔으로 일과를 시작하는 여교사들의 수다는 마치 일과처럼 느껴진다. 어제 남편이 늦게 온 이야기, 아이들의 공부 이야기, 화장도 못 지우고 그대로 잘 수밖에 없었던 피로감 등등 지극히 사소하고 중요하지 않은 이야기들. 이날 아침의 화제는 죽음. 나는 이런저런 이유로 화장을 하려고 한다니까 한 여교사는 '저는 뜨거워서 싫어요' 하길래 나는 이렇게 말했다. 한번 뜨겁고 말지 여러 해 동안 썩은 물을 질질 흘리는 게 싫다고.

시부모님이 공주원로원으로 가신 지 벌써 6년이 되어간다. 어머님의 병세가 악화되어가면서 아버님은 산소를 걱정하신다. 주변 사람들의 많은 말들을 며느리가 간곡하게 드렸던 말보다 더 신뢰를 하고 계셨다. 아무래도 나의 말은 수적으로 밀릴 수밖에 없다. 대대손손이 내려오는 선산도 없는 상황에서 납골당을 추천 드렸지만 매장에 대한 집착을 버리지 못하시고 결정하신 듯하다. 공원묘지에서 관리를 잘 해 주고 있으니 그 또한 나쁘지는 않겠다.

– 며느리의 생각 (1997년의 글) –

한여름의 담요

지구의 온난화는 계속된다고 난리다. 여름마다 에너지 절약을 외치지만 아이들은 아랑곳하지 않는다. 관공서에서는 28도를 지키느라고 땀을 뻘뻘 흘리고 있을 때 우리 학교 아이들은 한여름 호사를 누린다. 공부하는 학생들이 우선이라는 생각과 좁은 공간에 많은 아이가 생활한다는 불쌍함에 에어컨은 빵빵 돌아간다.

교실에 들어서면 한기(寒氣)가 느껴진다. 아이들의 복장은 더군다나 가관이다. 한겨울의 폴라 플리스 점퍼를 입고 있거나 두꺼운 담요를 둘둘 말고 앉아 있다. 책상에 엎드려 자는 모습은 더욱 화를 치밀어 오르게 한다. 두꺼운 기모 후드티를 입고 모자는 머리에 쓰고 두 다리는 담요로 감싸고 있다. '이건 아니지'라는 생각이 들어 강제로 에어컨을 끄면 학생들의 입이 퉁퉁 부어 쭝얼거린다. 한여름에 추위를 즐기는 이런 기분은 최고라면서 즐기면 안 되느냐고. 모든 초점이 학생들에게 맞춰져 있다.

에어컨을 꺼버리면 더위를 많이 타는 학생들의 부모가 민원을 제기해서 어쩔 수 없다는 이 난감한 상황에 과거의 일들이 생각난다.

1997년.

큰애는 어려서부터 말을 끝없이 내뱉곤 해서 나를 정신없게 했다. 때로는 있는 사실에 자신의 상상력까지 동원해서 꾸미고 얹는 이야기를 들을 때면 이 애가 도대체 무엇이 되려나 싶기도 했다.

그 아이는 고2가 되어서도 여전하다. 이제는 한 차원을 넘어 유머와 위트를 섞어 내가 신세대의 생각이나 행동을 이해하고 배우는 데 한 몫을 거들어준다. 그래서 나는 친구들이나 동료 교사들보다 언제나 우쭐해지곤 한다.

큰딸은 요즘 들어 부쩍 '죽음'이라는 단어를 사용하는데 그 내용인즉슨 학교의 선풍기 때문이란다. 천정에 달린 2개의 선풍기로 한 학급을 시원하게 하기에는 역부족인 관계로 자기뿐만 아니라 모두에게 죽음 그 자체라는 것이다. 아이들을 죽게 해 둘 수 없어서 부모님들이 추렴해서 학급에 스탠드 선풍기 2대씩 들여놓았는데 학교에서는 절전해야 한다며 회수를 했다는 것이다.

열을 올리고 있는 큰애 옆에서 작은애도 '우리도', '우리도', '우리랑 똑같아'를 연발한다. 자기는 키가 작아 앞에 앉았는데 벽에 걸린 선풍기 바람은 자기에게 오지도 않고 교장 선생님께서 순회를 하시면 담당 교사는 선풍기를 꺼버린다고 목청을 더 높였다.

교단 선진화를 이룬다며 컴퓨터와 43인치 모니터를 교실마다 설치하고, 최첨단 시설을 갖추고 2천 년 대에는 완벽한 모습을 보이겠다는 의지를 표명한 것과는 너무도 대조적인 것이 아닌가 싶다. 냉방 시설을 갖춘 학교도 있다고 한다. 얼마나 될지 궁금하지만 극소수의 학교려니 한다.

더위에 지쳐서 허덕이며 집안에 들어서는 아이들을 보면서 무엇이 우선일까를 생각해 본다. 에너지 절약 차원에서 실내온도를 겨울철과 여름철로 나누어 제시해 주는 친절함을 고마워해야 하는가. 짜증 나게 하는 더위와 두 켤레의 양말을 신어야 겨울을 날 수 있는 교실 바닥. 내가 지내던 70년대의 모습이 아직도 일어나고 있으니, 학생들은 언제가 되어야 쾌적한 환경에서 공부할 수 있을까? 이제 학교를 제외한 모든 장소가 쾌적한데 아이들에게 참아야 한다고 말하기는 어쩐지 설득력이 떨어진다.

고대 중국의 왕실에서는 추위를 덜기 위해 벌거벗은 장정들을 방 주위에 돌려 앉혀 그들의 열기로 난방의 효과를 얻었다는 이야기도 있는데 20여 평 남짓의 교실에 50여 명이 뿜어대는 열기를 벽에 달린 선풍기 2대만으로 해결하기엔 역부족인 현실이 슬퍼진다.

두 딸의 소원대로 '선풍기 딱 한 대만 더'

에필로그…

버킷리스트 하나를 이루면서

글을 정리하면서 대하소설을 쓰는 소설가를 떠올린다는 것 자체가 송구스럽지만 어떻게 이루어 냈을까. 온몸의 진액이 한 방울도 없이 소진될 때까지 쥐어 짜낸다는 이야기를 들은 적이 있다. 그네들은 아마도 하나님의 선택받은 사람일 것 같아 부러워서 조금이라도 흉내를 내 보고 싶은 마음에 정리하다 보니 '나는 아니구나'라는 생각이 확실히 들었다.

나와 약속을 지켜야 한다는 사명감으로 얼굴에 철판을 깔기로 했다. 아무렴 어떠니. 내 멋에 사는 세상이라 다행이다.

약속이란 2003년 경기대학에서 '진로상담교사 직무연수'를 받던 중 남은 인생의 버킷리스트를 작성해 보라는 교수의 말에 몇 개의 목록을 만들었다. 아주 당당하게 퇴직할 때 작은 수필집 하나 만들 것이라고 이야기했던 무모함이 이렇게 큰 부담으로 다가올지 몰랐다.

사건의 실마리를 제공해 주던 큰딸, 하나하나 읽으면서 재미있다는 작은딸, 소소하지만 공감할 수 있다고 격려해 주던 최고의 응원자 남편이 있어서 고마울 따름이다. 비용은 남편이 지급하면서 판권은 가진다고 했으니 그래야겠다.

어찌어찌하여 이렇게 겨우 해냈다.

2017년 저무는 달에

초판 1쇄 발행 2018년 12월 20일

글 김향숙
편집 최국태
디자인 안혜현
마케팅 차상준

발행처 책바보
발행인 이명숙
주소 서울특별시 강남구 일원로3길 64
전화 02-529-7741
팩스 02-529-7742
이메일 bookbabo_official@naver.com
홈페이지 www.bookbabo.com

출판신고 2014년 7월 22일 제2016-000142호

ISBN 979-11-956019-6-7
값 11,000원

이 도서의 국립중앙도서관 출판예정도서목록(CIP)은 서지정보유통지원시스템 홈페
이지(http://seoji.nl.go.kr)와 국가자료공동목록시스템(http://www.nl.go.kr/
kolisnet)에서 이용하실 수 있습니다.(CIP제어번호: CIP2018011376)